Bandeira negra, amor

OBJETIVA

Fernando
Molica

Bandeira negra, amor

OBJETIVA

EDITORA OBJETIVA LTDA. Rua Cosme Velho, 103
Rio de Janeiro – RJ – CEP: 22241-090
Tel.: (21) 2556-7824 – Fax: (21) 2556-3322
www.objetiva.com.br

Capa
Victor Burton

Foto da Capa
Jaime Acioli

Revisão
Damião Nascimento
Ana Kronemberger

Editoração Eletrônica
Abreu's System Ltda.

M721b
Molica, Fernando
Bandeira negra, amor / Fernando Molica. – Rio de Janeiro : Objetiva, 2005

217p. ISBN 85-7302-731-2

1. Literatura brasileira - Romance. I. Título.

CDD B869.3

para Bárbara

Agradecimentos

Bárbara Pereira, Plínio Fraga e Sérgio Rodrigues foram leitores atentos e criteriosos; Isa Pessôa esmiuçou cada linha do texto. Rodrigo Pimentel foi um paciente consultor para assuntos relacionados à Polícia Militar. Flávia Oliveira, além de leitora sensível, demonstrou ser uma generosa contadora de histórias, algumas transportadas para o texto deste livro. Felipe e Júlio Lisboa Molica foram meus revisores para a linguagem de internet. A todos, o meu agradecimento.

Garotos

Lelé chorava baixinho. Fazia força para não gritar, para não transformar em choro aberto aquele quase-ganido que vinha como que da barriga e subia até a garganta, até o alto da garganta. Lá, queria sair, virar berro, dizer tá doendo porra tá doendo muito chega já tá bom vocês já esculacharam agora deixa a gente sair deixa a gente correr na moral a gente vai ficar quieto a gente não tem nada a ver a gente não vai sacanear ninguém tá doendo tá doendo. Lelé sabia que não ia adiantar nada, que chorar, que gritar, só ia fazer com que demorasse ainda mais. E era melhor que terminasse logo. Acabar logo aquela dor, acabar logo aquilo tudo. Pior é que ainda por cima sentia medo daquele escuro, daquele mato escuro, daqueles barulhos de bicho, deve ter cobra aqui eu tenho medo de escuro porra. Não gostava quando minha mãe saía e me deixava no escuro, eu mais meus irmãos, tudo pequeno, tudo no escuro, eu já devia ter me acostumado, tô com 18 anos porra, já devia não ter mais esse medo, mas tenho, fazer o quê? Este chão machuca, os filhos-da-puta pegaram meu tênis, pegaram minha roupa, minha bermuda, logo aquela bermuda, aquela toda preta, nem terminei de pagar, agora que se foda, agora que eles não vão mais receber a grana, bem-feito, me sacanearam, acharam que eu não tinha grana pra pagar, quero ver receber o que falta. Tá quente, mas tô com frio, os caras me tomaram até a camisa, porra mermão a camisa é velha tá meio caída deixa eu ficar com ela minha tia é que me deu. Deve ser por isso que tô com frio. Frio nada, tô é com medo. Tá doendo, acho que meu pé tá quebrado, quero parar de andar, cadê o Serrote, cadê o Bronha, quem é que tá lá na frente, quem é que tá atrás de mim? Esse choro alto deve ser do Serrote, coitado, ele grita que grita, diz que troca de lado, diz que tem coisa pra contar, diz que entrega, que faz o que mandar ele fazer. Mas os caras nem aí, só batem, só quebram. Pára de gritar Serrote tu então é que não tem saída eles sabem da tua parada sabem do que tu fazia do que tu armava com quem tu andava. Pára de gritar porra. Pena que não posso gritar, só posso pensar, se eu gritar eles me quebram mais, e eu não quero mais apanhar, só quero que isso termine, que acabe. Eu tenho medo de escuro porra tenho 18 anos mas tenho medo de escuro tenho medo de mato tenho medo de bicho tenho medo de cobra. Eu quero a minha tia eu quero um baseado eu quero feijão com carne-seca eu quero os peitinhos da Thayssa quero lamber a Thayssa eu quero eu quero saber do Bronha cadê o Bronha coitado dele ele então. Agora que ele ia se dar bem, ganhar grana, se mandar desta merda. É ele que deve tá gritando lá na frente, que dá dinheiro, que tem jogo, que tem como armar uma parada. Perdeu, Bronha, o alemão quebrou teu joelho, perdeu, perdeu. Arrebentaram teu joelho, bródi. Mesmo se tu escapa, tu tá fudido, não dá mais pra tu correr, pra jogar bola. É claro que quebrou, aquele barulho é de que quebrou. Coronha de AR quebra, arrebenta, doeu em mim, não ia doer em tu, cara? Acabou amigo, a gente perdeu. Os caras vão terminar de quebrar a gente. Agora falta pouco, cara. Dói dói pra caralho dói. Vai acabar, deve ser aqui, aqui tem pouco mato, acho que já vim aqui. Acho que vim, a gente jogou bola aqui, lembra, Serrote, lembra, Bronha? Tua avó que trouxe o rango, Bronha. Só que não tava escuro, tava claro, tava bom, tinha comida, tinha cerveja, tinha até um fumo legal que a gente descolou lá na boca, a gente ficou doidão, falou um monte de merda, que ia fazer, que ia botar pra fuder, na moral. Ainda arrastei a Thayssa pro mato, comi ela todinha, maior love, bródi. Tu lembra? Chora não, Serrote, grita não, Bronha. Quem sabe a gente ainda não se vê, né? Quem sabe se pra onde a gente vai não tem muito fumo, muita mulher, muita sacanagem, muito peitinho, um campinho legal, muita bola pra gente jogar? Pro céu é que a gente não vai, né?, a gente já fez merda demais pra ir pro céu. Liga não, o inferno deve ser mais animado, lá vai ser bom, vai ser melhor, bródi. Com o inferno, a gente já tá acostumado.

O pano

A segunda-feira chegou em forma de susto. Um choque que o fez pular da cama. Levantou molhado de suor: pelo choque, pelo calor — tão cedo e tão quente, janeiros e fevereiros deveriam ser proibidos no Rio. Sonhava com o que mesmo, meu Deus? Talvez com um gramado, um campo. Sonhava, é certo, com uma superfície verde. Talvez por isso a lembrança do pano, que o fizera despertar de forma tão abrupta. O pano. Onde estaria o pano? Um pedaço de pano verde, velho, desbotado, manchado, puído, com marcas deixadas pelo fogo em um dos lados. Pouco menor que um daqueles lenços que os homens usavam antigamente. Um pedaço de tecido de algodão meio desfiado, um remendo.

Frederico conservava o pano em um envelope pardo, tamanho ofício. Ainda sonolento, um pouco perdido no novo espaço, tateou o chão em busca dos óculos — sem eles não encontraria nada — e começou a escarafunchar sacolas, gavetas e caixas. Em meio à confusão, ao embrulha-desembrulha da mudança — quanto mais detestava se mudar, mais se mudava —, se culpava por nunca ter comprado um estojo para guardar o pano. Sempre via algum problema, uma incompatibilidade entre o estojo e o pano. Ora aquele era simples demais; ora muito sofisticado. Um desmereceria o pano;

outro o humilharia, moldura que se quer mais exuberante que o quadro. Na prática desistira de tentar encontrar o melhor abrigo para sua relíquia. E assim mantinha o pano naquele pequeno pacote de plástico transparente envolto pelo papel pardo do envelope. Um abrigo provisório de mais de trinta anos.

Protegido pelo plástico e pelo envelope, o pano atravessara infância, adolescência, seis diferentes casas: não haveria de sumir justamente agora, neste, para seus parâmetros, espaçoso apartamento. Um dois-quartos em Botafogo, banheiro de empregada, playground, vaga na garagem, próximo ao metrô e vista para o Cristo (vista parcial, tinha que esticar o pescoço para fora da janela e olhar à direita, isto o anúncio não dizia). Um apartamento em que enfim teria um escritório, espaço para os livros, mesa exclusiva para o computador. Melhor de tudo: um apartamento próprio. Pela primeira vez desde que saíra da casa dos pais — e lá se vão quase vinte anos —, Fred não teria que pagar aluguel. No passado, decidira ensanduichar o pano entre vidros, transformá-lo em um quadro, pendurá-lo em uma das paredes do escritório. Isso no dia em que viesse a ter um escritório e a certeza da origem daquele farrapo. O pano ficaria assim, santo sudário, exposto à curiosidade e a tantas perguntas. Será que é mesmo autêntico? Você tem certeza? Foi *ele* mesmo que deu? Na dúvida, o pano continuava envelopado.

Naquela manhã de junho — ou julho, não sei ao certo, sei que fazia muito frio em São Paulo, saía aquela fumacinha da minha boca toda vez que eu falava —, o homem, um velho, devia ter mais de oitenta anos, não lhe disse da origem do presente. Trêmulo, apenas colocou a mão direita em um bolso da calça de flanela cinza e pegou o pano. De olhos fechados, apertou-o contra o rosto, como se dele aspirasse um último cheiro, bebesse uma derradeira gota. Logo depois estendeu a mão para ele, para aquele menino de oito anos. Um gesto simples, como o de quem oferece uma bala.

— É pra você, meu filho. Guarde com cuidado, este pano é valioso, foi conquistado no campo de batalha.

Surpreso, Fred ainda perguntou que batalha era aquela, se ele tinha estado na guerra. Foi uma batalha, limitou-se a responder o velho, pele morena, boina preta de feltro na cabeça. Foi uma batalha. O senhor foi soldado? Fui, mas também fui jogador de futebol. Verdade? O senhor foi famoso? — perguntou Bento, José Bento, filho de portugueses, baixinho, nariz sempre escorrendo. Muito, muito famoso. Mas o homem que conquistara aquele pedaço de pano das mãos inimigas não sabia dizer seu nome e demonstrou, com um gesto, mão direita que se moveu, meio torta, de baixo para cima, em direção ao nada, que não se recordava da batalha. Repetiu: valioso, muito valioso.

Frederico esvaziou sacolas, pacotes, caixas, gavetas apenas parcialmente arrumadas. Tateava aquele espaço, segunda vez que dormia ali, tudo tão revirado, será que algum dia vai ficar em ordem? O esboço da petição, o CD novo do Chico... E esse calor africano, que inferno.

Achei! Claro, tinha que estar aqui. Frederico retirou o envelope de dentro da mala, puxou o pacote de plástico e conferiu seu conteúdo. O pano estava lá.

Vingança divina

"Sou-tri-co-lor-de-co-ra-ção..." Metálicos, gaguejantes, os primeiros acordes do hino do Fluminense fazem com que o pedaço de pano e o envelope sejam deixados sobre a mala, qualquer dia encontro lugar definitivo para isto. Qualquer dia mudo o toque do celular, assim que eu aprender a mexer nessa droga. Quem mandou dizer para a vendedora que torcia para o Fluminense? Fazer uma surpresa, ela disse. Surpresa, descobriu depois, era essa, hino do tricolor ouvido a cada chamada. "Sou-do-clu-be-tan-tas-ve-zes-cam-pe-ão..." O visor indicava ligação do Vladimir, presidente do Núcleo, da sua plantação de pepinos, a *PP*, o apelido carinhoso que ele formulara em uma mesa de bar. O horário, oito e pouco da manhã, antecipava uma convocação, mais uma colheita de emergência. Pepinos, muitos pepinos no horizonte. Prisão arbitrária, agressão, ou mesmo, algo pior: não se deve subestimar a capacidade da polícia de fazer merda.

Era pior, bem pior. Três jovens desaparecidos, levados em um carro da PM. Quando isso? Hoje de madrugada, na saída do baile no Borel. Estavam andando pela São Miguel, perto de uma birosca, ao lado da quadra, quase em frente ao Ciep. Os caras chegaram, deram uma dura, botaram os garotos dentro do carro, foram na direção do Alto. Já, já tinham conferido, ligado para a 19ª DP. Nenhum registro, os meninos não foram levados para a delegacia, sumiram com eles. A mãe de um é que ligou, chorava muito, coitada. Ela foi lá pro batalhão, na Barão de Mesquita: ela, a tia de outro garoto e a avó. A essa hora já devem estar lá. A essa hora — Frederico imaginava — a rua deveria estar sendo fechada. Tenta segurar os caras, Vlado. Segurar como? Os meninos não são bandidos, um deles ia pra Inglaterra depois de amanhã, um empresário arrumou pra ele jogar lá. Tinha 16 anos, quer dizer, tem 15 anos, sei lá. Um garoto direito, bom de bola. Corre pra lá, vou ligar pro secretário, pro comandante do batalhão. Tinha que estudar um processo, preparar defesa, mas deixa, eu me viro. Vou ver o que eu faço. Vocês já ligaram para os jornais, para as TVs?

— Já sei, você tá ligando pra saber do caso do Borel, não é mesmo, Clara? Seu nome é Clara, certo? Certamente é por causa disso que você está ligando. Você não iria me telefonar pra saber da história do sargento de 23 anos que foi morto anteontem à noite em Acari. Vinte e três anos, casado, filho pequeno, ficha limpa. Organizador da festa junina da rua, do campeonato de vôlei das crianças. Ele é que comprava o troféu e as medalhas. No Natal, se vestia de Papai Noel. Pois é: morreu dentro da viatura, não deu tempo nem de chegar no hospital. O soldado que estava com ele continua no hospital, em coma. Sabe quantos repórteres me ligaram hoje pra saber do caso dele? Pra fazer uma nova matéria sobre o assunto, suitar o caso, como vocês dizem? Um, um repórter. Repórter de uma rádio, ainda errou o nome do sargento na hora que deu a notícia. Pra vocês o caso é velho, né? Aconteceu na noite de sábado, os jornais já tavam fechados, rendeu só uma notícia pequena na edição de hoje. Seu jornal mesmo: botou a notícia no pé da página, naquela página cheia de anúncios de enterros e de missas. Em compensação, sabe quantos repórteres já me ligaram pra saber desse suposto seqüestro dos rapazes? Você é a quinta, Clara. A quinta. Tá bem, tá bem. Eu sei que você também segue ordens, que você tem uma chefia, que é obrigada a cumprir uma pauta. OK, OK. Você ligou pra saber do caso do Borel, eu vou responder. Vamos lá: o comandante-geral determinou uma investigação sumária do caso, os policiais militares que estavam de serviço na área serão ouvidos, estamos em contato com o delegado da 19ª DP. A corregedoria já foi acionada, a corporação tem total interesse em apurar o que houve, se é que houve algo que envolva policiais militares. Até agora o que temos é o desaparecimento de três jovens. Um desaparecimento que uma testemunha não identificada atribui a policiais militares. Sei, Clara, sei que existe a possibilidade de ter ocorrido um crime praticado por policiais militares. Mas, por favor, entenda: os rapazes podem ter ido passear, namorar. Podem. Podem ter sido mortos também, podem ter sido seqüestrados. Podem ter sido vítimas de bandidos, de traficantes. E podem ter sido seqüestrados por policiais militares. Tudo pode, minha filha... OK, retiro o minha filha, me desculpe, por favor. Mas o que eu queria dizer é que, por enquanto, não temos nada conclusivo. Vamos esperar um pouco para ver o que acontece. Um momento, por favor, Clara. Desculpe, tenho que desligar, tem um jornalista inglês me ligando, parece que um dos rapazes ia jogar lá... Me liga no início da tarde, tá bem?

Depois de falar com o repórter da agência de notícias britânica, a major Ferreira, relações-públicas da PM, acendeu um cigarro e avisou, só iria atender jornalista dali a duas horas. A menos que alguém ligasse para suitar o caso do sargento assassinado em Acari, ninguém ia telefonar para saber disso. Assassinato de PM não rendia tanta notícia assim, não ia ficar saindo no jornal a semana inteira. Se não fosse para isso, estava em reunião, tinha saído, fora na esquina se matar e já voltava. Três favelados desaparecidos, possivelmente seqüestrados por policiais militares. A semana prometia, mais uma semana cheia de emoções, não teria a menor possibilidade de se queixar de falta do que fazer.

Tiradentes, ah Tiradentes. Por que a PM foi escolher logo você como patrono? Um cara que acabou enforcado, esquartejado. Por que não um patrono morto na batalha, na rua? Ou então um outro, que, depois de uma vida dedicada à manutenção da paz social, tivesse, na velhice, optado por ajudar as criancinhas pobres? A divagação da oficial era ilustrada pela memória do busto de Tiradentes exposto ali embaixo, no térreo do quartel-general da corporação, à direita de quem entra, ao lado de uma escada: herói da Inconfidência Mineira, patrono da Polícia Militar, alferes Joaquim José da Silva Xavier, o Tiradentes. Poderia ter sido, pelo menos, esculpido de farda, barbeado, olhar altivo que mirasse o futuro do Brasil, do jeito que está no quadro de José Washt Rodrigues: quepe na mão, espada à cintura; elegante no uniforme azul, vermelho e amarelo. Imagem que remetia ao herói antes de sua prisão e martírio, mais compatível com figura de patrono de uma corporação policial, defensora da sociedade. Não, preferiram trazer para o QG da PM o busto do sujeito com a corda no pescoço, segundos antes de despencar do patíbulo. Corda no pescoço, mergulho compulsório na morte: nada mais simbólico, a cara da PM — quem escolheu aquele busto fora profético, tinha toda a razão, Ferreira admitia: o cara sabia que esse negócio não ia dar certo. Em momentos como aquele, em que mais uma crise se anunciava, Ferreira era capaz de sentir o sisal da corda roçando-lhe a garganta.

Como dizia o amigo Cordeiro, coronel da reserva, pastor de uma igreja evangélica, seu ex-professor no curso de formação de oficiais: "Somos vítimas de uma maldição eterna. Quem foi que prendeu Jesus? A guarda pretoriana, a PM deles. Desde aquela época que somos usados pra fazer esse tipo de serviço. Na hora de prender, de arrebentar, mandam a PM. O serviço sujo sempre sobra pra nós. Desista desse negócio de ser PM, minha cara. Você é jovem, bonita. Trate de estudar, fazer uma faculdade. Vá casar, ter filhos. Escute este velho chato: vai ser uma dificuldade encontrar um sujeito que queira se casar com uma oficial da PM. Eu, pelo menos, não me casaria. Isso aqui não tem jeito. O demônio, Deus me livre, parece que gosta disso aqui, de passar por aqui, de ficar o tempo todo por aqui. Deve gostar de azul, da cor da farda, sei lá. E olha que eu não paro de orar por esses meninos, por vocês. Oro muito, minha querida major. Pra vocês não se ferirem, pra não morrerem, pra não caírem em tentação, pra que nenhum de vocês vire bandido. Mas a luta é difícil... Parece que tem uma força grande puxando pro outro lado, pro lado ruim, pro lado das trevas... Deve ser castigo. Pense nisso: nós prendemos Jesus, O torturamos, O pregamos na cruz. Tá lá na Bíblia, Mateus, 27, versículo 27: os soldados do governador cuspiram em Jesus, colocaram a coroa de espinhos n'Ele, bateram n'Ele. E você quer que isso fique impune? Descemos o chicote no filho de Deus, O enchemos de pregos e você acha que ia ficar assim, por isso mesmo? Eu, hein."

Não nega a raça

Achava que tudo tinha ficado mais fácil, que doía menos, que tinha ficado mais cascudo, que até me divertia com o constrangimento daqueles babacas, que não precisava revidar. "Você *não é* o entregador da lavanderia?" "Como assim, você *não é* o motorista do 402?" "Doutor Frederico... é o senhor *mesmo* que é o doutor Frederico?" Claro que ainda incomodava, sentia raiva, ficava puto, vontade de chorar, de xingar, de agredir. Mas era preciso manter a calma, a sobriedade, derrapadas seriam usadas contra mim. Aprendi na infância a ter mais cuidado que os outros. Os elogios — tão estudioso, tão bonzinho, tão responsável, tão comportado — perdiam logo o lugar para um muxoxo, um franzir de sobrancelhas; lábios se apertavam, cabeças balançavam. Um pequeno deslize detonava a mesma história, moldura para um cochichado "não nega a raça" ou um "tá no sangue" ou mesmo um "sabe como é que é, né?, se não faz na entrada, faz na saída".

Às vezes, comentários mais agressivos. A ofensa de sempre: eterna, lugar-comum, óbvia, mas, nem por isso, menos letal. Um xingamento *prêt-à-porter*, pronto para o uso; democrático, ao alcance de qualquer um, até de quem fosse mais preto — não contava a cor da pele, mas a necessidade de subjugar, de humilhar, de colocar no devido lugar: "Macaco, macaco." Quantas vezes tive que ouvir? Macaco, macaco, macaco, macaco, assim, repetido muitas vezes, meio cantado, música pra ferir, pra reabrir feridas. Cada sílaba, uma nota: ofensa insistente, irrespondível, mantra que resistia a qualquer argumentação. Minhas respostas e meus palavrões sequer eram ouvidos. Era só o coro, macaco, macaco, macaco, macaco, macaco. Eu xingava, tapava ouvidos, corria; as palavras ficavam, furavam tímpanos, me acordavam, meio da noite, macaco, macaco, macaco. Às vezes nem chegava a ouvir, mas pressentia. Dava para ler, para prever; as intenções, o filho-da-puta da vez. Eu olhava o rosto do sujeito, adivinhava o bote, a abertura dos lábios na minha direção. Eu sabia como, a sílaba que se ameaçava, a deformação que causava na boca de quem a vomitava, a boca que se abria, movimento ao mesmo tempo vertical e horizontal, buraco que surge numa parede e deixa passar um vento fétido, pesado, vento-soco, vento-porrada. Lá vinha ela, maldita sílaba, "ma", *ma* de macaco.

Feito um jogo que eu tinha que jogar, jogo cheio de sacanagens, obstáculos, regras feitas pelo inimigo, modificadas no meio da partida. Hoje eu sei: comentários, expressões de preconceito, até elogios funcionavam como balizas, placas de trânsito: siga nesta direção, não pare na pista, não ultrapasse, cuidado. Fundamental calcular a velocidade máxima permitida, até onde poderiam ir meus avanços, o limite de meus desvios de rota. O tempo todo me movia numa estreita margem de tolerância. Não podia errar, se preto joga mal é porque se vendeu. Preto não podia acordar indisposto, preto não podia errar chute, ser driblado. Porque era preto, Barbosa não podia levar o gol de Ghiggia. Não fez na entrada, fez na saída, no último jogo, na decisão da Copa. Crioulo burro, crioulo safado, amarelão, raça ruim.

Eu achava, era preciso manter a calma. Isso, mesmo quando o cartão do estacionamento era esticado na minha direção, altura dos meus olhos, na porta do restaurante. É aquele Golf vermelho, por favor, disse o dono do carro abraçado a uma mulher. Por favor. Por favor é a puta que pariu, vontade de dizer, mas não dizia. Melhor a fazer era não fazer nada, melhor, um quase-nada. Olhar pra cara do babaca, ar que misturasse espanto e ironia, fazer com que o pequeno cartão pesasse na mão do idiota que me confundia com guardador de carro de restaurante. Olhar que fizesse aquele sujeito se dar conta de que negros podiam freqüentar o mesmo lugar que ele, que eu podia estar ali. Olhar que o fizesse se sentir culpado, que o constrangesse diante da mulher bonita; quando notasse a merda, ela olharia para o chão, ajeitaria o xale no pescoço, buscaria apoio no batom, dedos que se atropelariam na bolsa. Tudo muito rápido, gestos tortos, empastelados, mal impressos; trilha sonora falha, cheia de ruídos. O dono do Golf iria murmurar um pedido de desculpas, não foi por mal, bebi um pouco, me confundi, enquanto se perguntava em que time joga esse crioulo. Ou será que é cantor? O guardador, negro ou nordestino, ou negro *e* nordestino, se aproximaria, por favor, doutor, arremataria em um bote o cartão do estacionamento e apressaria os passos na direção do Golf vermelho. O carro dele, claro, antes do meu. Eu achava que assim eu saía bem, constrangia o agressor, me poupava.

Frederico aprendera a reagir sem palavras ou com poucas palavras. Estas só eram usadas em casos extremos, quando a ofensa era materializada ou verbalizada de forma agressiva demais. Usar a força do oponente para derrotá-lo, aprendera em suas poucas aulas de jiu-jítsu. Tática que funcionava, mas que doía. Custou treino, resignação. Achava que não tinha saída, precisava se conter, abrir mão até de pequenos prazeres e farras. Recusou-se, na faculdade, a participar das comemorações do Dia do Pindura, cafajestada acadêmica que, a cada dia 11 de agosto, empurra futuros defensores da lei e da ordem a restaurantes para comer e beber e não pagar; alegam que a farra é para comemorar a implantação dos cursos de direito no país.

Brincadeira de brancos que podem mandar pendurar a conta, dar calote, mesmo rir se levados para uma delegacia. Lá sabem: encontrarão um delegado, bacharel em direito, ex-estudante, já deve ter pendurado contas. "É coisa de jovem", dirá o delegado para o dono ou gerente do restaurante. "Encare isso como um investimento: daqui a alguns anos eles estão formados, serão advogados, promotores, delegados, juízes, freqüentarão seu estabelecimento. O prejuízo não foi tão grande assim, eram só dez estudantes." Dez estudantes brancos, moradores da zona sul, rapazes e moças bonitos, sorridentes, bem-vestidos; não têm cara, não têm jeito, não têm cor de criminosos, não têm a minha cara, a minha cor. Eles não são bandidos, são os que mais gritam, que protestam, que pedem paz, que gritam basta de suas varandas. Queria ver se fossem dez negros, ou mesmo um negro no meio de outros todos brancos. Queria ver se eu estivesse no meio deles, mesmo se bem-vestido, se bem acompanhado. Alguém, que fosse o *maître*, o garçom, o copeiro; nem que fosse um PM ou mesmo um preso que acabasse de chegar à delegacia, alguém diria: não adianta estudar, fazer faculdade, que preto é sempre preto, não pode ver chance para roubar, para fazer merda, na entrada ou na saída.

A opção de evitar conflitos deixara dúvidas, agora transformadas em certezas: não teria sido complacente demais, será que, em alguns casos, não teria sido melhor virar a mesa, gritar, rodar a baiana? Não se contaminara com a lógica de evitar o confronto direto, de buscar improváveis consensos? Será que também não se acostumara com o deixa pra lá, não se acomodara? Será que não fugira de bons combates, mesmo daqueles domésticos, na casa dos pais? Combates também contornados na escola, no trabalho, na hora de tentar conquistar uma mulher. Será que não deixara passar muitos sonhos? Não foi o medo que o fizera perder Carolina? Onde é que ela estaria agora? Onde é que você está? Onde é que nós estaríamos agora? Tanto tempo, meu Deus. Mais de dez anos e ela aqui, presente, inquisidora — "Você não tem é coragem." Tanto tempo, as palavras ali, diante dele, dentro dele: vivas, perfurantes; intactas como se recém-pronunciadas. "Não é isso, Carolina, é que ainda não tá na hora, vamos esperar um pouco" — palavras débeis, abafadas e envergonhadas também insepultas, hematoma que dói ao ser pressionado, apertado por outras palavras, estas duras e exatas: "Você não tem é coragem." Deixa eu te explicar, Carolina, quero falar do meu medo, da minha covardia; mas também das minhas dificuldades, das minhas limitações. Um dia ainda te explico, Carolina, um dia ainda te encontro.

Três corpos

A notícia de que os corpos haviam sido encontrados chegou às 10h30, quando Frederico ainda estava no carro, na avenida Maracanã, nas proximidades do quartel da Polícia do Exército. "Sou-tri-co-lor-ce..." — as mãos foram rápidas, tecla verde apertada ainda nas notas que correspondiam ao primeiro verso do hino. No lugar dos detalhes sobre as pretéritas façanhas do time, detalhes do local onde o crime se explicitava: Alto da Boa Vista, proximidades do lago das Fadas. Três corpos vistos por turistas que participavam de uma excursão de jipe pela Floresta da Tijuca. Decidiu que iria até lá. Vladimir ficou de se encontrar com ele na Conde de Bonfim, não vem pela São Miguel, por aqui tá tudo parado, te espero em frente ao hospital. A notícia das mortes já havia corrido pelo Borel, o morro acabara de descer.

Que ao ouvir o grito do turista, que agora sabe chamar-se John Conard, o depoente seguiu em direção a uma trilha, que cerca de cem metros depois do início da trilha viu, ao lado desta, digo, do lado direito da trilha, viu três corpos de homens jovens, que todos eram negros, um deles, mais claro que os outros, que todos os corpos estavam ensangüentados, que as vítimas pareciam ter sido agredidas, que um deles parecia ter uma fratura na altura do joelho, que não prestou muita atenção na fisionomia dos jovens por considerar a cena chocante demais, que sua preocupação no momento foi evitar que os turistas, que então já se aglomeravam no local, continuassem a filmar e a fotografar a cena, que procurou fazer com que todos se encaminhassem para os jipes, que, apesar de não ter prestado muita atenção nos corpos, reparou que os rapazes estavam descalços e que pelo menos um deles estava só de cueca, que imediatamente ligou para o número de emergência da Polícia Militar para comunicar o fato, que trabalha com este tipo de excursão há mais de dez anos e que nunca presenciara cena tão chocante.

A leitura do depoimento do guia pouco acrescentou ao que Fred e Vladimir haviam constatado no local: mais um daqueles casos já rotineiros. De acordo com os parentes das vítimas, pelo menos um dos garotos, Carlos Augusto, o Serrote, de 16 anos, tinha alguma ligação com a venda de drogas no Borel. Nada muito sério, nunca fora preso. Limitava-se a, de vez em quando, ajudar na endolação de cocaína. Em troca, recebia algum dinheiro e um punhado de maconha. Nada que justificasse uma prisão sem que houvesse um flagrante, muito menos um seqüestro seguido de assassinato. O segundo corpo era de Aurélio Timoty, o Lelé, 18 anos, que ajudava a tia em uma barraca de venda de CDs piratas na Presidente Vargas. O centroavante Paulo Santos, o Paulo Bronha, de 16 anos, livrara-se, com a morte, da difícil tarefa de encontrar um novo apelido: como dizia seu empresário, dono de seu destino desde os 13 anos, não dava para chegar à Europa com um jogador conhecido como "Paul Masturbation": "Melhor deixar Paulo Santos. Você ainda não é conhecido, lá fora eles vão acabar te chamando pelo sobrenome. Santos é um bom nome, lembra o time do Pelé."

O exame superficial dos corpos indicava que os jovens tinham sido torturados e levado muitos tiros. A tal execução com requintes de crueldade que a imprensa tanto gostava de ressaltar. Fred não entendia o porquê do crime, a razão de policiais militares — não tinha a menor dúvida, os homicídios tinham a participação da PM — terem carregado aqueles três moleques para o mato e os assassinado: se o Serrote fosse um gerente de boca, alguém que pudesse ter dado um banho nos PMs... Não pagou por uma pistola, sei lá, combinou de entregar um pacote de pó e sacaneou os caras...

— Não faz sentido, Carlinha. O cara era um pé-de-chinelo, não dava para armar uma *mineira* com ele. Você acha que o dono da boca ia se preocupar em levantar uma grana para resgatar um endolador *freelancer*? Se ainda fosse um gerente, um bom soldado... Mas um endolador?

Carla fazia que sim, que era, assim como quase tudo para ela, muito intrigante. E mais: ela não sabia como ele conseguia trabalhar tanto no escritório e, ainda assim, ajudar no Núcleo.

— Eu fico preocupada, sabe? Vi você na TV, agora à noite, você pegou pesado, responsabilizou a PM... Fred, você sabe que não existe nenhuma prova, até agora vocês só têm aquela testemunha, uma testemunha anônima, que sequer apareceu para depor.

— O cara tá com medo de morrer, Carla. Você pensa que é assim? O sujeito aparece, diz que viu os PMs pegarem os garotos. O cara mora na favela, tem mulher, tem filho...

Carla interrompeu suas justificativas:

— Sei, sei, mas mesmo assim eu acho que você deveria ter mais cuidado, qualquer hora você é que vira alvo dos caras, isso se não ganhar um processo.

— Você fala feito uma advogada.

— Eu sou advogada. E também sou uma besta em ficar tentando dar jeito em você, que não sabe viver sem armar confusão. Especialista em falências durante o dia, plantonista de delegacia à noite. Num dia, reunião com o empresário João Maria Gonçalves para tratar de um processo de fraudes no recolhimento de ICMS; no outro, encontro com os parentes do Serrote e do Paulo Bronha, com todo o respeito pelos mortos. Tome jeito, Fred. Isso não vai dar certo, você sabe como o dr. Honório é, ele não deve ter gostado nada de ver você na TV, peitando a PM. Sem falar que ele deve ficar puto vendo um advogado do escritório aparecer mais do que ele.

— O Honório sempre soube das minhas atividades no Núcleo, nunca escondi nada. Carla, *data venia*, deixa isso pra lá, chega de confusão por hoje.

Touca de meia

O menino Fred não entendera o porquê daquele pedaço de pano verde ser tão valioso. Mas mesmo assim resolveu, o farrapo seria digno de um tratamento especial. O velho fizera uma cara tão séria, vai ver que tem mesmo valor. Pedaço da roupa de um rei, um daqueles das matinês do cinema. Ou será que tinha sido de um marciano, de um ser de outro planeta, um inca venusiano? Deve ser da farda de um guerreiro valente, o velho falou em batalha. Um herói de guerra, daquelas assim, com tiro para tudo que é lado, ele caiu do cavalo e continuou atirando, pá, pum. O velho não mentiu, velho não mente. Ainda mais aquele velho, moreno, bem moreno, da minha cor. Ele era muito sério, não ia mentir. Aquele velho que tremia muito — ele estava bem agasalhado, mas tremia muito. Vai ver que velho sente mais frio.

Não falaria do pano para ninguém, pelo menos por enquanto vou é ficar quieto. A mãe podia implicar, dizer que ele só levava porcaria para dentro de casa, aquilo era sujo, ia passar doença... Sua mãe andava muito nervosa e implicante. Ainda mais agora, depois que soube que a família ia ter que voltar para o Rio. Ela reclamava muito de São Paulo — aqui não tem praia, faz muito frio —, mas no fundo, no fundo, até que gostava da cidade. O papai tinha ficado mais quieto, saía menos, bebia menos. E, ainda por cima, ganhava mais. Mas o emprego acabou dando errado, teve uma briga lá, e a gente vai ter que voltar para o Rio. Oba! Mas o pano, a primeira peça do meu tesouro, vai ficar bem guardado.

O velho do pano só ganharia um nome alguns poucos meses depois. Foi quando Fred viu no jornal uma foto de Arthur Friedenreich, que morrera na véspera, em São Paulo, aos 77 anos. O ex-jogador de futebol sofria do mal de Parkinson, arteriosclerose e pneumonia. Ao ver a foto, o menino arrancou o jornal das mãos do pai:

— É o velho!

— Quem, que velho?

— O velho — respondeu Fred. — O velho que vi uma vez lá em São Paulo. O velho que me deu...

Fred preferiu engolir o resto da frase. Melhor não falar do pano, do pano muito valioso, do tesouro.

— Deu o quê, meu filho?

— Uma bala, pai, o velho me deu uma bala.

— Eu já falei pra você não aceitar coisas de gente estranha na rua, Frederico!

O menino não respondeu ao comentário da mãe, atirado lá da cozinha (mãe parece ouvir tudo, caramba). Queria era ler mais sobre aquele ex-jogador, o "Pelé do início do século", estava no jornal. O maior artilheiro de todos os tempos, o maior isso, o maior aquilo. Sargento na Revolução de 32, mulato de olhos verdes que alisava os cabelos para poder jogar futebol com os brancos.

— Pai, antigamente escurinho não podia jogar futebol?

O pai respondeu que era diferente, futebol era um esporte de rico, os pobres ficavam de fora.

— Mas, se fosse assim, eu não ia poder jogar bola?

Mais uma vez, dona Elza, a mãe de Fred, interveio. Outro chute preciso; uma rebatida incisiva, zagueiro que se antecipa ao atacante e, bico para o alto, acaba com o risco, alivia a tensão da torcida.

— Você não é preto, meu filho. Nós somos morenos, olha só a nossa cor. Compara só com a cor do seu Ernesto. Ele sim, é bem puxado na cor, escurinho mesmo. Azul de tão preto. Uma pessoa muito boa, correta, mas é preto. Fazer o quê? Ficou mais tempo no forno, passou do ponto... Agora deixa de ficar preocupado com besteira e já pra escola, que você já tá atrasado. Pega aqui a merendeira e tchau. Dá um beijo — dona Elza enxugou as mãos no pano de prato que trazia jogado sobre o ombro direito, abaixou-se, acariciou os cabelos do filho e deu-lhe um beijo no rosto. — Vai com Deus.

Moreno. Fred era moreno, bem moreno, um pouco queimadinho, dizia dona Elza. Moreno como a maioria dos amigos de rua e de escola. Só um pouco mais claro que seu pai, mais ou menos da mesma cor que sua mãe. Moreno que usava cabelos curtos, fios crespos que ficavam lisos e penteados à custa do uso de uma touca feita com meia de mulher. Toda noite dona Elza não se esquecia de colocar a touca em sua cabeça, meia de náilon cortada na altura da coxa e que em uma das pontas ganhava um nó. Estava pronto o mecanismo que garantia os cabelos lisos daquele jovem moreno de Piedade.

Nega do cabelo duro, qual é o pente que te penteia, qual é o pente que te penteia? Elza usava um pente especial, de ferro, aquecido no fogão e que era imprensado contra os fios de seus cabelos. Um alisamento que a obrigava a ficar dias sem lavar a cabeça, a água fazia com que todo o trabalho fosse perdido: molhados, os fios pareciam recuperar a memória subjugada pelo calor do ferro quase em brasa e retomavam sua característica original — cabelo pixaim, cabelo ruim, cabelo de preto, o teu cabelo não nega. O pente era às vezes substituído pelo henê, aquele creme preto, gosmento, que a Clotilde, uma vizinha que trabalhava em um salão de beleza da avenida Suburbana, espalhava pelo cabelo. Qual é o pente que te penteia, qual é o pente que te penteia? Dona Elza não gostava desta marchinha de carnaval que um moleque da vizinhança costumava cantar alto na rua, como se fosse para ela. Não deixava de ser para ela, de um jeito ou de outro, sempre era para ela.

E Friedenreich? O apelido dele era Fried, parecido com o meu, será que a mãe dele também botava touca de meia nele na hora de dormir? Será que ele podia cabecear a bola sem desmanchar o cabelo? Mas por que preto não podia jogar futebol? Hoje em dia o que mais tem é escurinho jogando bola. No Fluminense mesmo tem o Flávio, o Marco Antônio. No Botafogo tem o Jairzinho, o Paulo César. No Flamengo, então... E o Pelé, caramba? Mas e o Friedenreich?, que nome complicado para um pretinho... Ele era escurinho, de que adiantava esticar o cabelo? Ele ia dizer o quê? Que era queimado de praia? São Paulo não tem praia...

À noite, pouco antes de dormir, Fred se lembrou que a reportagem do jornal não falava nada do pano verde. O mistério permanecia. Por que será que aquele pedaço de pano é tão importante?

— Fred... Fred, meu filho...

— Oi, mãe, o que é?

— A touca, meu querido. Você não colocou a touca.

— Mãe...

— O quê que você quer?

— Se eu não sou preto, se eu não tenho cabelo ruim, por que é que eu tenho que usar essa touca?

— É para você ficar ainda mais bonito, meu filho. Você não acha que fica melhor assim? Se não usar, o cabelo fica todo enroscadinho, parece uma porção de molinhas...

Com o indicador da mão direita, dona Elza passou a desenhar pequenos círculos na barriga do filho enquanto falava em cabelo enroscado, enrolado, falava em molinhas. Perguntas substituídas por risadas, Fred perdia o fôlego, se encolhia e se esticava, ria que ria, embolava o lençol, desalinhava o cobertor marrom e preto, se divertia e protestava. Pára, mãe, pára!

— Boa-noite, filho. Deus te proteja.

Segurança

— O que eu vim fazer aqui? Pra quê que eu fui fazer aquele concurso para oficial da PM?

Sozinha em seu gabinete no terceiro andar do QG, olhando-se no espelho enquanto retocava a discreta maquiagem e ajeitava os cabelos pretos e curtos, a major Ferreira não parava de se fazer as mesmas perguntas e de se lembrar das mesmas respostas. Decidira ser PM porque queria um emprego seguro, porque sonhava em usar farda, em ser oficial. Chegara a pensar na Marinha, achava bonita a farda branca, lembrava aqueles filmes de guerra que tanto via na TV. Haveria a possibilidade de viajar, de conhecer outros países, mas achou que nunca passaria nas provas. Aluna pobre, de escola pública, sem dinheiro para pagar um bom curso preparatório, o que iria fazer naquele concurso? Não dava, nem pensar.

Pesou também a vontade de ir para a rua, de trabalhar, na Marinha vou acabar cuidando de papel, de burocracia, esperando uma guerra que nunca vem. PM também era um militar, tinha farda, organização. Aos 12 anos, disputara uma partida de vôlei na quadra do batalhão do Méier. Era o último jogo do campeonato de escolas. Seu time venceu, ela e suas colegas foram convidadas para almoçar com o comandante. O quartel era muito limpo e organizado, o coronel falou em ordem, proteção da sociedade, combate aos marginais. Tudo por ela sintetizado nas palavras ordem e eficiência, que desde então passaram a lhe martelar a cabeça, síntese do que achava necessitar. Precisava tocar sua vida de forma ordenada e eficiente, buscar um futuro menos sujeito às mudanças de temperatura e pressão que tanto marcavam sua vida doméstica.

A jovem queria um pouco de tranqüilidade e segurança na vida. Chega de confusão, de falta de dinheiro, de pai que consegue emprego, de pai que perde emprego, de mãe que chora pelos cantos, que reclama da repartição e do salário de funcionária pública, de tia que reclama do chefe, de avó que reclama do genro, de pai que sonha, e sonha. Que sonha que agora vai dar certo, que não tem como dar errado, tudo está muito bem estruturado, desenhado, armado: Ambrósio não admitia questionamentos, melhor, admitia, apenas para contestá-los, para exercitar argumentos, para seduzir, convencer o interlocutor. Fora assim que conquistara Fátima, arrancada da casa dos pais, sugada pela força de tantos sonhos, tão detalhados, tão concretos. Sonhos que a permitiam largar aquele chão pesado em que fora ancorada desde a infância por seus pais, imigrantes, duros, presos a uma lógica rígida, trabalho e mais trabalho. Ambrósio lhe acenara com a possibilidade de uma vida em que o trabalho não teria fim em si próprio, seria uma etapa para a realização de grandes projetos — projetos que Fátima só então se deu conta de que também tinha.

Trinta e tantos anos depois, Ambrósio ainda seduzia, falava de seus planos com a mesma alegria com que antes rodopiava pelos salões da Elite do Méier. Fátima aprendera a dançar os mesmos sonhos, rompera com a família, aceitara o casamento, adotara como seus aqueles projetos que se revelariam inviáveis. Inviáveis para ela: Ambrósio não tinha dúvidas, acertara ao deixar o emprego de gerente na revenda de automóveis, uma loja na Penha. Trabalhava apenas para enriquecer o dono, cada vez mais rico, dono de mais e mais lojas. Lojas de compra e venda de automóveis, lojas de autopeças. E ele lá dando duro, jogando o preço para baixo na avaliação de compra, esculpindo vantagens na hora da venda. O trabalho no posto de gasolina tinha tudo para ser melhor. Não foi porque o português não o deixara trabalhar do jeito certo, implicava, reclamava, inventava problemas. "Fiz bem em sair, nunca ia conseguir nada ali. O quê? O apartamento no Engenho de Dentro? Só porque era nosso você vem dizer que era bom. Apertado, quente, abafado. Fiz bem em vender. Aquele esquema de distribuição na Cadeg era certo, não tinha erro, precisava do dinheiro para investir. Fátima, o erro não foi meu. Tenho culpa daquele maluco, daquele ladrão, pegar o dinheiro de todo mundo, onde já se viu? Eu nem votei nele no primeiro turno, votei no Afif, um cara sério, um empresário respeitado. Você, não, insistiu para todo mundo votar naquele sacana no segundo turno: era jovem, bonito, caçador de corruptos. Sacana, pegou tudo que a gente tinha. Eles devolveram o dinheiro, mas aí, já era tarde."

A futura major da PM cresceu ouvindo planos e justificativas de fracassos. Acostumou-se a levar bilhetes da direção da escola para casa, bilhetes de conteúdo apenas em tese sigiloso. "Só seu pai é que pode abrir, hein?" Hipócritas. Todo mundo sabia o que havia dentro daquele envelope azul, invólucro exclusivo para uma carta-padrão, o lembrete, a cobrança de mensalidades atrasadas. "Não tem nada atrasado não, minha filha, isso é erro deles, eu avisei que o cheque da comissão ia demorar para ser compensado", "Foi esquecimento da Suzana, aquela cabeça-de-vento", "Perdi o carnê, desculpe, minha filha", "Isso de novo?", "Não acredito, eu avisei que ia pagar tudo de uma vez só, no fim do semestre, essa sua escola não respeita acordos, minha filha, não sei que educação eles dão para você".

O ciclo de desculpas foi encerrado com a decisão de estudar em uma escola estadual — bilhetes de cobrança, nunca mais. Sabia que naquele momento abandonava um futuro melhor, a possibilidade de chegar a uma universidade pública, a chance de conseguir passar para a Marinha. Não dava para competir com quem teria aulas todos os dias, de todas as matérias. Por mais que viesse a se esforçar, nesta corrida ela largaria atrás, descalça. Mas nada pior do que manter aquela rotina. Detestava ouvir seu pai mentir. "Você tem certeza mesmo de que vai fazer isso? Pense bem, minha amiga, escola pública é fogo, eu que sei. Falta professor, a sala é uma bagunça. Quem me dera poder estudar numa escola particular. Besteira você ficar preocupada com esse negócio de mensalidade, seu pai se vira, isso é problema dele, esquenta não" — os conselhos da amiga e vizinha Nilza foram ignorados. "Não dá, não dá, não agüento mais essa história."

Ordem e eficiência, ela repetia. As duas palavras foram transformadas em lema, em quase objetivo de vida. Em meios que justificariam e viabilizariam um objetivo, um fim. Até que deu certo: a aprovação no concurso da PM foi comemorada por toda a família; anos depois, ela seria a tenente Ferreira — nome de guerra que manteria mesmo depois do casamento com um outro oficial, dois anos mais velho. A união não durou muito ("Dois PMs em casa, Deus vai ter que caprichar nas bênçãos", dissera, profético, o coronel Cordeiro ao prever as dificuldades que o casal teria pela frente).

Se fosse uma ocorrência, a experiência matrimonial e a separação poderiam ser resumidas nas poucas linhas de um boletim. Local: sala e dois quartos alugado na rua Fábio da Luz, no Méier; período: quase três anos de tumultuada convivência; motivação do desenlace: absoluta incompatibilidade de gênios, de propostas, de visões sobre a profissão; conseqüências: um filho, João Lucas, gerado logo no primeiro ano de casamento ("Vocês são loucos: ter um filho assim, de cara, deveria ser considerado desvio de conduta, motivo para prisão disciplinar", comentara Cordeiro).

A jovem tenente deveria ter desconfiado, não ia dar certo. Ao visitar a igreja em que seria realizada a cerimônia, deteve-se em alguns dos quadros que retratavam a via-crúcis. Achou que um dos guardas, um dos que mais chicoteavam Jesus, era parecido com o capitão Siqueira, seu futuro marido. Notou até que um outro guarda tinha lá suas semelhanças com ela — se a farda fosse azul, sei não. As imagens tornaram-se recorrentes: no altar, no dia da cerimônia, volta e meia se lembrava dos quadros, do marido, dos comentários do amigo Cordeiro ("Nós matamos Jesus!"), se imaginava açoitando o filho de Deus. Nunca mais conseguiu observar uma via-crúcis como antes.

Depois da separação, foi com Lucas para a casa dos pais, em uma vila na Lucídio Lago, no outro lado do Méier, achava que não conseguiria cuidar do filho e da PM sem ajuda. Lá se fora o sonho de uma vida mais independente. Não sobrara nem mesmo a ilusão de prosperidade representada pelo trocar de lado no Méier, um bairro, como tantos outros, dividido pela linha do trem. Uma divisão simbólica: ter, com o casamento, passado do lado da Arquias Cordeiro, de características mais suburbanas e acanhadas, para o lado da Dias da Cruz, onde se cultivava algo como uma estética tijucana e ascendente, representara um passo importante na busca de progresso pessoal ("Virou chique agora, vai morar do *outro* lado", dissera Nilza). Separada, a oficial voltara para o subúrbio daquele subúrbio. Seu ex-marido não sofreria nenhuma queda no padrão de vida. Ao contrário, livre das imprecações e da vigilância da mulher ("Puta que pariu, parece que casei com a corregedora da PM", costumava reclamar), Siqueira mudou-se para uma casa ampla em Jacarepaguá: três quartos, piscina, churrasqueira, TVs de 33 polegadas, canil repleto de pastores alemães. Prosperidade que não se preocupava com os sinais exteriores de riqueza. Era mais um oficial que conseguia o milagre da multiplicação dos soldos, resumia a ex-mulher, imaginando uma frase de inspiração bíblica que poderia ser dita pelo amigo e pastor Cordeiro.

A major passara o dia repetindo as mesmas informações para os repórteres: a corporação não admitia desvios de conduta, o caso dos três rapazes seria apurado, a corregedoria já solicitara ao comandante do batalhão da área a lista dos policiais que estavam de serviço na noite de domingo, não haveria qualquer tipo de proteção a PMs, é preciso apurar com cuidado para que não sejam cometidas injustiças. Frases pronunciadas de forma quase mecânica, sem emoção. Os novos tempos tinham praticamente abolido o uso de chavões militares — nada de solução de continuidade, elemento, positivo e operante —, o treinamento para os oficiais encarregados da comunicação social passara a enfatizar a necessidade de uso de uma linguagem e de uma postura mais informais. Converse com a câmera, com o telespectador, repetiram os instrutores do curso que fora obrigada a fazer.

Mas, mesmo com todo o treinamento, a oficial não conseguia emprestar um tom natural a um discurso que sabia capenga. Nada ainda havia sido apurado, mas ela não tinha dúvidas, a possibilidade de PMs terem sido responsáveis pelo assassinato dos jovens era muito grande. Restava apenas descobrir os culpados e o porquê do crime. Que motivo teria levado policiais militares a pegar três crioulos no meio da rua São Miguel, a 100 metros da entrada do morro, e acabar com todos eles. Por que razão policiais fardados arriscariam suas carreiras para matar Lelé, Serrote e Bronha? E eu aqui tendo que defender esses merdas, botando a cara na TV, nos jornais. Todo mundo quer esconder a cara, tem medo de ficar conhecido pela bandidagem. Mas eu não, a mulher, a frágil, a delicada, tem que ir lá, dar entrevista, se expor. Arriscar minha vida, a dos meus parentes. Tudo por causa desses merdas, que extorquem traficante, fornecem arma pra bandido, arrebentam com a vida de quem quer trabalhar direito. O patrono mereceria ser trocado: que saísse Tiradentes e entrasse o Silvério dos Reis. Sairia o herói, entraria o traidor, aquele que se vendeu, patrono bom pro país inteiro.

— Que cara de cansaço, minha amiga. O dia foi duro? — perguntou Nilza, enquanto, com o alicate, arrancava pedaços de cutícula dos dedos do pé direito da major, pousado em uma tolha colocada sobre seus joelhos.

— Se foi duro, Nilzinha? Você não tem idéia do sufoco que é segurar aquilo, comandante de um lado, jornalista do outro... Essa história do sumiço dos garotos do Borel é complicada. Você viu na TV, não viu?

— Claro que vi, não perco o noticiário, adoro ver minha amiga na TV. Largo tudo que tiver fazendo pra ver você. Como você tá toda hora dando entrevista, eu não deixo de ver o noticiário, vejo tudo que é canal...

— Pois é, então imagina o sufoco que eu estou passando, todo mundo acusando a PM. Pior, acusando sem provas. — Por mais que confiasse em Nilza, a oficial não correria o risco de falar de sua certeza de que havia PMs envolvidos no caso.

— Sufoco nada. Gostei de ver, você deu o maior duro naquela repórter. Mania que jornalista tem de defender bandido. Pra mim, não tem dúvida. Esses neguinhos eram tudo bandido, tavam devendo, iam morrer de um jeito ou de outro. E se foi a polícia mesmo? Que que tem? Melhor matar logo do que deixar esses bandidos soltos, matando os outros... São menos três pra encher o saco.

O toque do rádio de comunicação interrompeu a conversa. Pelo visor, Ferreira verificou: o comandante-geral da corporação, coronel Luiz Eglédio, queria falar com ela.

— Pois não, comandante. Vou providenciar a entrega dos registros de movimentação das viaturas. Não, não sei se elas tinham GPS, ainda nem conseguimos identificar as viaturas. Vou insistir com o pessoal do controle, já pedi para eles verificarem toda aquela área do Borel entre 11 da noite e duas da manhã, eu sabia que o corregedor ia requisitar isso. Acho que até o fim da semana o material vai estar em mãos. O problema é que a tal testemunha não anotou o número da viatura que teria levado os rapazes, isso ia facilitar muito o trabalho. Mas fique tranqüilo, comandante. Se as viaturas forem equipadas com antenas de GPS, vai ser fácil descobrir a história, nada escapa do controle do satélite. Já, já estou em casa, o senhor pode ficar tranqüilo, eu sei me defender, comandante.

— Não fica chateada comigo, por favor. — Nilza retomou a conversa. — Mas é só comandante, capitão e oficial que liga pra você? Só liga homem pra falar de trabalho? Não liga nenhum pra falar de sacanagem, pra te chamar pra sair, pra tomar uma cerveja, pra ir prum hotel?

— Nilzinha, isto não é da sua conta, tá? Fica falando besteira e daqui a pouco você me arranca um bife do pé.

Vida lisa

— Major, eu pediria para a senhora continuar na escuta, porque o repórter Anísio Pereira está neste momento na praça Saenz Peña com o dr. Frederico Cavalcanti de Souza, advogado do Núcleo de Articulação Comunitária, a entidade que representa os parentes das vítimas da chacina do Alto da Boa Vista.

Merda, ninguém me avisou que ele ia participar da entrevista. Tudo bem, esses repórteres me pagam, amanhã mesmo um deles vai me ligar querendo favor, pedindo pra aliviar multa, pra reclamar de sargento que tentou arrochar a empregada da casa deles. Vão ver só, um mês sem quebrar galho de ninguém. Eles me pagam.

— Dr. Frederico, o senhor está satisfeito com as medidas anunciadas pela porta-voz da PM?

— Em primeiro lugar, boa-tarde, Roberta, boa-tarde, Ricardo — Frederico cumprimentou os apresentadores. — Eu tenho o maior respeito pela major Ferreira, já estivemos reunidos em diversas ocasiões, mas infelizmente as medidas tomadas até agora são muito tímidas. Já se passaram mais de 24 horas do crime e os policiais responsáveis ainda não foram identificados, ninguém foi detido. Acho que o caso é muito grave e mereceria uma atitude mais firme. A sociedade exige que não haja qualquer corporativismo na apuração desse caso.

Filho-da-puta, não podia fazer isso comigo. Ele sabe que a PM não pode sair prendendo todos os policiais do batalhão, nem sei se os caras eram mesmo do batalhão da área, desde quando policial bandido respeita área de atuação? "Reunidos em diversas ocasiões", canalha!

— Major, o que a senhora acha das críticas feitas pelo advogado?

Fred sabia que Carla iria reclamar mais uma vez. Que tinha se exposto de forma desnecessária, que chegara a provocar a oficial da PM — "Até fiquei com pena dela, a situação é mesmo muito intrigante", é o que certamente diria. Uma conversa previsível:

— Pra que isso, Fred? Por que você é que tem que dar entrevista, por que que o Vladimir não fala, ele é o presidente, não é?

— É, ele é o presidente, mas cuida de alguns aspectos, coisas da direção, uma parte mais política. As questões jurídicas são comigo.

— Tá bem, mas você pode cuidar dessa parte jurídica no processo, ser assistente de acusação, representar os parentes das vítimas. Não precisa é ficar se mostrando o tempo inteiro, dá pra fazer isso de forma mais discreta.

Fred sabia, tinha certeza, Beatriz também iria reclamar. "Pra que tanta violência, tanta agressão? Por que insistir nos ataques à PM, pra que forçar aquele constrangimento? Você poderia ter avisado que ia participar da entrevista, você não jogou limpo, sacanagem. Por que não mandou o Vlado para a entrevista?"

Carla e Beatriz desconheciam, mas Fred sabia que precisava evitar, mais uma vez, se envolver pela metade. Dessa luta não fugiria: precisava mostrar a cara, revelar de que lado lutava, e, principalmente, por que lutava. Era preciso encarar o adversário, focá-lo, enfrentá-lo. Não poderia mais desviar o olhar, mirar por sobre a armação dos óculos — mecanismo de defesa que durante anos permitira-lhe escapar de cenas mais violentas de alguns filmes. Seus cinco graus e meio de miopia serviam como anteparo: era só abaixar a cabeça, ver por cima das lentes: no lugar de facadas, sangue e mortes, apenas alguns borrões movimentando-se pela tela. Fred sabia também que lutava contra sua tendência de optar pelo caminho que evitasse o choque maior, como se, muitas vezes, a exemplo do que fazia sua mãe com seus cabelos, ele colocasse uma grande e metafórica touca sobre o que o ameaçasse. A touca teria então o poder de alisar obstáculos e conflitos: a mesma fina textura de náilon que impedia a manifestação rebelde dos cachos, das ondinhas, seria capaz de sufocar qualquer problema, imprensaria as contradições, impediria que elas se manifestassem. Quietas aí, não se levantem, vai ser melhor assim. O mundo é melhor para quem tem cabelo liso; quem não tem que se vire, que busque obtê-lo. A vida também seria melhor se mais lisa e reta fosse. Para que tantas curvas, obstáculos? Era preciso alisar a vida, amassá-la, espremê-la, subjugá-la.

Alise sua vida, Fred; melhor, alise-se, adapte-se, bata antes de entrar, peça licença, por favor, obrigado. Desculpe, não foi por mal. Às vezes é melhor fingir que não se vê o errado, que não se ouve a ofensa. Finja que não é com você, vá em frente, não se abata por besteira. Não faça feito esses neguinhos de rua, que xingam, falam palavrão, não respeitam ninguém. Filhos de cachaceiros, de mães que não ligam para os filhos, que deixam que eles fiquem o tempo todo na rua, de roupa suja, nariz escorrendo, sem hora para comer, sem hora para dormir. Eu e seu pai lutamos muito, todos os dias, para criar você, tanto que resolvemos ter um filho só. Nada de fazer como essas mulheres que se enchem de filhos e depois ficam por aí, pedindo comida, roupa, dinheiro. Que têm não sei quantas bocas para alimentar, que o marido foi embora. Que marido? Elas lá têm marido? Vai ver cada filho é de um homem diferente... Fred, meu filho, a gente é pobre, mora no subúrbio, nosso esforço é maior, cortamos um dobrado. Por isso, por favor, vê se não arruma problemas, cuidado, não se misture, escolha bem suas companhias, seus amigos. O Onofre, aquele pretinho, por exemplo, é um bom menino, os pais dele são trabalhadores, cansei de ver a mãe dele carregando trouxa de roupa para lavar. O pai sempre sai de casa bem cedinho. Mas não é companhia para você, meu filho. Você pode ir, brincar com ele, mas evite freqüentar a casa, não vá muito lá. Você pode conseguir uma vida melhor, Fred. Vá por mim, meu filho.

A brancura de Fred não vinha de berço, teria que ser conquistada, ele tinha que fazer por onde, provar que estava errada sua certidão de nascimento que, no item cor, sacramentava: parda. Pardo, filho de pardos: "O moço do cartório errou, filho. Ele deveria ter escrito cor amorenada. Pardo é cor de envelope, não é cor de gente. Pardo, vê se pode?" Fred intuiu que pardo era o que não era. O que não era branco nem era preto. Nem tão branco quanto Cecília, ou mesmo quanto Pedro, nem preto como o seu Ernesto ou o Onofre.

Moreno, queimadinho, amorenado, moreninho, moreno-claro — as palavras descumpriam sua função de definir e de especificar; se sucediam em uma desesperada tentativa de disfarçar, de ocultar entre suas letras um descendente de preto, de escravo. Tratavam de negar o que podia ser notado pela cor da pele ou pelo formato do nariz ou da boca, pelo tipo de cabelo, pela cor dos olhos. No caso do menino Fred, os cabelos eram alisados, como os de Friedenreich. Nem lisos nem crespos, cabelos alisados. Será que haveria esta opção em algum questionário? *Cabelos alisados*? Nem preto, nem branco; cabelos nem lisos, nem crespos. Friedenreich, pelo menos, tinha olhos verdes, olhos de alemão, olhos de branco. Mas Fred, nem isso. Tinha olhos quase negros — castanhos, insistia sua mãe, castanhos. Eram mais para pretos, mas também eram de difícil definição. Castanho-claro, escuro?

A cor da pele, os cabelos amassados não impediram Fried de ser convocado para a seleção, de marcar o gol do título do Sul-americano de 1919. Um gol de raça, se diria hoje. De qual raça?, perguntaria Fred. O futebol do início do século 20 era elitista, um jogo de brancos. Um futebol de brancos que, por necessidade, admitia um quase-branco; mais, um quase-preto. Mas um quase-preto que se esforçava para embranquecer, o último a entrar em campo de tanto tempo que perdia no vestiário, empenhado na tarefa de alisar, de domar seus cabelos. Fios lambuzados de brilhantina, sufocados por uma touca de toalha, obrigados a ficar quietos e retos. Um quase-preto que tinha porte de branco ao se exibir em um *smoking*. Não o porte de um branco qualquer, mas o de um branco de boa família, que sabia envergar um traje como aquele. Fried nasceu quase-preto, virou quase-branco. Para isso, teve que ser mais branco que os brancos, se comportar melhor, ser mais educado, mais elegante em seu traje de gala, mais correto no uso dos talheres. Tinha que jogar mais, muito mais, do que qualquer branco, correr mais nas partidas — um tigre dentro de campo, como acabou sendo apelidado por adversários. Na dúvida, Fried sabia, seria preterido por alguém que não precisasse alisar os cabelos, que não necessitasse provar que era branco. Era o que cabia a Fred aspirar em sua infância, em sua adolescência: branquear-se, compensar com estudo e dedicação a pele mais escura que a de quase todas aquelas pessoas importantes que apareciam na TV, no cinema, nas páginas do *Cruzeiro* e da *Manchete*.

Quanto mais pensava em embranquecer, mais Fred se constatava negro. A tarefa de alisar os cabelos ressaltava, a cada noite, o quanto eles eram crespos, o quanto resistiam às tentativas de submissão. O contraste entre a cor de sua pele e a de amigos da escola particular parecia ser cada vez mais gritante aos seus olhos. Aos 10 anos, chegara a empastelar o rosto com uma mistura de talco e pasta de dentes: maquiagem improvisada que, por algumas horas, a duração de uma festa, deixaria menos evidente sua pele escura. Aos 12, Fred decidiu que não iria mais usar a touca de náilon: gesto de rebeldia mais pelo ridículo do ornamento do que por uma afirmação de suas origens, estou muito crescido para isso. Mas o cabelo passou a ficar ainda mais curto, cortado rente ao couro cabeludo. Os fios eram aparados a cada 15 dias, antes que deles surgissem curvas, que começassem a se enroscar, a traçar caminhos anárquicos. Era preciso impedir que sua vida fosse perdida nas curvas, nas esquinas. Não havia outro bom caminho a seguir. Alisar a vida, como Friedenreich alisava a bola e o cabelo. Cabelo que, de tão alisado, "parecia mais cabelo postiço, colado na cabeça com goma arábica", como Fred viria a ler, anos mais tarde.

De tanto procurar, Fred, já adulto, se convenceu de que descobrira a origem daquele pedaço de pano. Fried, em 1921, jogava pelo Paulistano e foi disputar em Buenos Aires uma partida contra a seleção argentina. O time brasileiro vencia por 1 a 0 quando torcedores locais, revoltados com o placar, começaram a queimar uma bandeira brasileira. A cena revoltou aquele mulato de nome alemão: Friedenreich deixou o campo, pulou para as sociais e resgatou a bandeira sob o olhar assustado dos argentinos. Com sua camisa abafou o fogo e salvou um pedaço daquele troféu, pedaço de pano verde, *aquele* pedaço de pano, pendão da esperança, símbolo augusto da paz. Valioso, muito valioso.

O relato da façanha patriótica do jogador serviu para aumentar a admiração e, muitos anos depois, as dúvidas de Fred. Friedenreich arriscou-se para salvar a bandeira brasileira, símbolo de um país que discriminava descendentes de pretos como ele; país que, não fazia assim tanto tempo, mantinha a escravidão. Ele era mesmo um patriota ou, com seu gesto, quisera apenas mostrar que era *mais* patriota que aqueles brancos, seus colegas de time? Se fosse mesmo um patriota: de que pátria ele se orgulhava? Que mãe gentil era essa, que o induzia a esticar o cabelo, a se portar como se fosse mais branco que os brancos para poder ser aceito como um quase-branco? Ou será que era mesmo tão gentil que dava a Fried o direito de corrigir sua cor, de adaptá-la, lhe proporcionava a chance de melhorar, de embranquecer?

A mãe de Fred morreu quando ele tinha 20 anos e acabara de entrar para a faculdade. Ela morreu depois de passar horas na fila de um hospital público, tudo para ouvir do médico que não tinha nada, que tomasse um antiácido, que aquela dor no estômago ia passar logo, "Vocês comem muita comida pesada, a senhora precisa se alimentar melhor, dona Elza". E a mãe de Fred foi para casa, tomou o remédio, e a dor só aumentava, o estômago que ardia que só ardia. De madrugada, dona Elza morreu uma morte de pobre. Morte de preto, isso sim, soluçava Fred. Morte de pobre, morte de preto, repetia no velório, no cemitério de Inhaúma. Não adiantou tentar vida de branco, esticar cabelo; o pente que a penteava era o de ferro. Nem branca, nem morena, dona Elza não conseguiu embranquecer, morreu tão negra como nascera. Nos dias seguintes ao enterro, Fred até teve vontade de deixar seu cabelo crescer, chegou a pensar que poderia se preocupar menos com o alisar de sua vida. Mas a dor pela morte de sua mãe — ela não vai me ver formado, não vai usar um vestido azul na formatura, ela sempre disse que usaria um vestido azul, o mais bonito de todos — era maior do que qualquer possível reflexão sobre uma mudança de rumos. Até como homenagem a sua mãe, Fred manteve os cabelos curtos, quase-lisos. Aqueles cabelos demorariam a ter permissão para crescer, para enfim se mostrarem enrolados; aquele cabelo ainda tentaria negar.

Foi nesse tempo que encontrou uma foto de Fried com o uniforme da seleção paulista de futebol. Já então veterano, aos 36 anos, o jogador parecia olhar para o fotógrafo com uma certa desconfiança. Olhos meio apertados, efeito do sol sobre seu rosto?, boca que esboçava um meio-sorriso. Mas nada — nem a camisa listrada da seleção paulista, nem os olhos, nem a boca —, nada chamava tanta atenção na foto quanto a rede que prendia os cabelos do atacante. Rede que chegava a lhe cobrir praticamente toda a testa, terminava pouco acima dos olhos. Fried, Fred repetia, tinha 36 anos, um quase-quarentão, jogador mais do que consagrado, mas que, mesmo assim, ainda tentava alisar os cabelos, continuava a sufocá-los sob uma rede. Uma rede que parecia ter sido incorporada ao seu uniforme, uma rede que entrava em campo para defender as cores de São Paulo. A rede de Fried pareceu apertar a cabeça do estudante, fazia doer. Fred não entendia como o maior jogador brasileiro, o herói do Sul-americano de 1919, "El Tigre", tinha que, naquela altura da vida, tentar esconder seu cabelo, sua origem.

Mais de duas décadas depois da morte de dona Elza, Fred continuava a lutar para não sucumbir à lógica da touca que alisa e do cabelo curto que disfarça. Lógica que sabia ainda estar presente na sua vida, em cada decisão protelada, em cada gesto mais cuidadoso. Não dava mais para culpar sua mãe, seus medos e seus conselhos. Que ela descansasse em paz — a briga agora era mais dura, mais difícil, era obrigado a encarar seus próprios receios. No Núcleo exercitava a luta; brigar com os outros era mais fácil. Carla o achava corajoso, irresponsável, até. Besteira, moça, sou um cagão, quase covarde. Brigo com o que está fora, com o que não me pertence. Mais que luta, isso é treino, exercício. Como um atleta que fortalece seus músculos à espera do dia do grande jogo. Quando brigo por esses garotos do Borel também brigo por mim. Preciso dessa indignação, dessa dor, dessa revolta. Quem sabe se assim eu não tomo jeito, quem sabe assim não aprendo a cuidar de mim, a cuidar da Beatriz? Quem sabe assim eu pare de me remoer, de me lamentar pelo que não vivi, quem sabe assim as palavras de Carolina passem a doer menos? Carolina não voltaria, essa história estava perdida. Mas não poderia perder de novo, não queria mais perder sem, ao menos, entrar em campo e jogar.

— Carla, não tem volta. Não dá para ficar no meio do caminho. Os caras mataram três garotos, três jovens. Um deles, eu vi a foto, é até meio parecido comigo, quando eu tinha a idade dele, claro. Que se dane a major. Ela é muito educada, muito solícita. Já me recebeu uma vez no quartel. Foi muito correta, falou em respeito às comunidades, aos direitos humanos. Falou que também veio de família pobre, que fica deprimida quando um PM faz besteira. Ela deve viver deprimida... — ironizou. Ele sabia que, naquele momento, Ferreira estaria mais do que deprimida.

Estavam a sós na copa do escritório. Fred notou os olhos dela vidrados nos seus. Pressentiu que Carla, mais uma vez, iria abraçá-lo. Ele abaixou a cabeça, bebeu o último gole do café. Sentiu a mão de Carla em sua cintura. Deu-lhe um rápido beijo na testa, queria sair logo do canto daquele ringue, daquele clinche.

— Carlinha, vamos voltar para o trabalho, crioulo comunista o Honório é até capaz de aturar, mas crioulo preguiçoso, é difícil. Depois a gente continua a conversa, tá? Fique tranqüila, eu sei me cuidar.

Colheita

A sede do Núcleo fica em um casarão na rua Mem de Sá, no centro velho do Rio. Um daqueles prédios outrora imponentes, que teimam em tentar resistir à decadência da área. Rachaduras, falta de tinta, mofo, plantas que surgem de partes úmidas do telhado — as construções parecem conformadas à necessidade de incorporar essas cicatrizes. Continuam, ao menos, sendo utilizadas. Não mais como sedes de um comércio sofisticado, de funcionamento vigiado pelo olhar do dono que morava no andar superior. O comércio de hoje é quase sempre modesto: bares, papelarias, oficinas, lojas de ferragens, de material de construção. Alguns dos prédios viraram habitações coletivas, outros foram transformados em casas noturnas. Aos demais, restou a função de abrigar organizações de baixo orçamento, como a que mobilizava Fred e Vladimir. Fica logo depois da Gomes Freire, no sentido zona norte, do lado direito da rua, naquele prédio que fica em frente ao Scheyla.

— Não, não é um restaurante, Carla. Scheyla, com ch e y, é um traveco que há um tempão, alguns anos mesmo, adotou o ponto. Tem tanto tempo de calçada, naquela calçada, na *nossa* calçada, que virou ponto de referência. Tá quase sempre ali, não tem erro, é raro arrumar cliente. Uma bicha velha, loura e peituda, de sapatos vermelhos, com uma bunda imensa saindo da calcinha preta. Durante o dia é Raimundo, trabalha numa escola em Bangu ou Realengo, é fiscal, faxineiro, sei lá. Mas à noite, tá sempre lá. Um bom ponto, os travecos mais novos ficam de olho no lugar. Mas ninguém ousa disputar o ponto, antigüidade é posto, tempo de serviço conta, deve ser por isso que ela continua a ser dona daquele pedaço. Quando a casa foi alugada ela já estava por lá. Até a chave da porta a gente já deixou com ela. Uma vez só. Ela guardou a chave na calcinha, o contínuo ficou com nojo, chegou a passar álcool na chave, ainda riscou um fósforo, quase bota fogo no escritório.

Fred chegou ao Núcleo pouco depois das 19 horas. Scheyla estava de prontidão, olhos vidrados nos carros que abandonavam o Centro. O travesti o saudou como de hábito.

— O advogado bonitão vai querer um amor diferente hoje?

— Não, professor Raimundo, vou dispensar a aula.

— Não sabe o que tá perdendo...

Ao entrar na sala, Fred viu Vladimir sozinho, sentado diante do computador. Ao telefone, parecia irritado. Desculpe, tenho que desligar, amanhã a gente tenta resolver isto. Tá na hora da reunião. Um beijo.

— Tudo bem?

— Tá, tudo certo. Era minha irmã, a mais velha. Queria porque queria que eu desse um jeito na situação do marido dela. O cara vive desempregado, faz besteira atrás de besteira. E agora cismou que eu sou a solução da vida dele. Que eu sou importante, que conheço todo mundo, que vou em reunião com o prefeito, que falo com o governador, com o secretário disso, com deputado, com vereador. Que posso arrumar uma vaga para ele, que não custa nada. Pior é que minha irmã, a Elaís, entra na pilha dele, e começa a reclamar, a chorar. Diz que eu nunca liguei para ela, que só gosto é da Elaine, mas que a Elaine nunca cuidou de mim, que ela, a Elaís, é que me dava banho, que botava meu almoço. Que saco! O Jorge, o tal do meu cunhado, é um vagabundo de carteirinha, com registro de preguiçoso no Ministério do Trabalho. Sabe aqueles caras que têm alergia a trabalho? Acha que nasceu para ser rico, que tem talento, que não vai perder tempo em empreguinho de merda. Ah, diz que trabalho é coisa de preto. Logo ele, um negão de quase um metro e noventa...

Fred assistiu de pé ao desabafo do amigo. Limitou-se a apoiar a pasta na mesa quando percebeu que a narrativa poderia ser longa. Diante das reticências que se seguiram à descrição do cunhado de Vladimir, apelou para uma maneira simples, banal e direta de mudar de assunto.

— É foda. Mas, meu caro, olha só, vamos cuidar da nossa PP, né? Nossos pepinos não param de crescer. Consegui, agora, no fim da tarde, falar com o secretário. Ele tentou demonstrar que estava mais indignado do que eu. Xingou todo mundo: a Polícia Civil, a Polícia Militar, disse que não confia em ninguém, que se sente abandonado no cargo, que não agüenta mais, que vai largar isso tudo. Que ser secretário de Segurança no Rio é pior que ser presidente da Funai, que é melhor aturar índio, garimpeiro e ONG do que tentar dar um jeito nesse caos. E olha que ele tem horror a índio. Chegou a dizer que o posto de secretário de Segurança do Rio é o pior cargo da República...

— Mas de concreto, alguma coisa?

— Nada. O de sempre: que a PM vai investigar, que o coronel Eglédio é um sujeito sério, que tem lá seus problemas, mas que nunca iria se queimar por causa de um bando de canalhas que seqüestra pé-de-chinelo na saída de baile funk. Ele disse que o batalhão da área estava passando por um boa fase, que tinha conseguido acabar com a guerra entre facções na Tijuca.

— Também, né? Tinha que acabar, a gente passava pela Conde de Bonfim e só via bala traçante, pra lá e pra cá, pra cá e pra lá. Do Borel para a Formiga, da Formiga para o Borel. Parecia que a gente atravessava um túnel, cheio de luzes coloridas...

A conversa foi ao lado de uma cafeteira doada havia três anos pelo próprio Fred ao Núcleo — "Isso não conta como doação, você fez isto para manter o próprio vício", ironizara Vladimir. A cafeteira ficava em uma pequena copa, no fundo da sala, ao lado do banheiro. O Núcleo de Articulação Comunitária se resumia a isto: um salão de quase 40 metros quadrados, uma copa e um banheiro. Nas paredes, cartazes desbotados convocavam para assembléias locais, para encontros regionais e mesmo internacionais. Exposta em uma parede próxima à copa, a foto de Bob Marley apresentava um rasgo na altura da boina, logo abaixo da fita adesiva usada para colar o pôster à parede. Com a expressão de quem acabara de prestar um culto ao deus protetor de sua erva sagrada, Marley parecia sorrir com ironia para os seriíssimos Che e Mandela que ficavam na parede em frente. O pôster de Mandela, doado pelo consulado sul-africano, era o único que tinha uma moldura, uma proteção de vidro. O Che era sustentado da mesma forma precária que Marley. Ali, das paredes, eles fiscalizavam o trabalho desenvolvido na sala que abrigava três conjuntos de mesas e cadeiras, duas estantes de metal, um aparelho de fax, um computador, um telefone.

Fred conhecera Vladimir quatro anos antes, quando fora chamado para participar de um debate sobre negros e segurança pública, lá mesmo no Núcleo, que então acabara de ser criado. Vladimir, então com 19 anos, acabara de se formar no Cefet, a antiga Escola Técnica Federal, no Maracanã. Técnico em eletrônica, morador de Guadalupe, era arrimo de família e uma espécie de herói da sua rua. A formatura fora comemorada como uma vitória de todos os seus amigos de infância — "fazer eletrônica" era, anos antes, a resposta-chavão daqueles moleques recém-entrados na adolescência quando questionados sobre o futuro. Muitos não tinham lá uma idéia precisa sobre a tal eletrônica, mas a imaginavam relevante, profissão de futuro. De todos, Vladimir fora o único a conseguir entrar para o Cefet. Trabalhava em uma empresa de conserto de produtos eletrônicos na Henrique Valadares, ali perto da sede do Núcleo. O tal futuro se revelara, até então, bem menos animado que o previsto nos seus bate-papos suburbanos. Conseguira um trabalho besta, consertava videocassetes, dava jeito em câmeras. O sonho de fazer faculdade tinha sido mais uma vez protelado. "Não dá, cara, eu banco quase tudo lá em casa. A Elaine ganha uma merreca naquele supermercado, a Elaís vende roupa para os vizinhos que são tão ferrados quanto ela. De vez em quando eu tenho que dar algum para ajudar no feijão e no arroz. Isso sem falar no material da escola do filho dela, do William. Fico puto, reclamo, falo do marido dela que não faz nada, que só sabe reclamar e delirar. Mas ela defende o cara, diz que ele ainda vai dar a grande tacada, que eu vou ver só, que no máximo em um ano ela vai estar morando em uma cobertura na Barra, naquele condomínio do Ronaldinho."

Vladimir informou que os corpos só seriam liberados na manhã do dia seguinte, quarta-feira. A polícia, preocupada com a repercussão do caso, mandara caprichar na autópsia dos corpos, mas o IML estava funcionando de forma precária, havia uma operação-padrão, tudo estava atrasado. Ele conseguiu apurar que cada garoto levara cerca de 20 tiros, a maior parte na cabeça e no peito. Tiros de pistola e até de fuzil, uma execução que se tornara clássica, tamanha sua freqüência. O enterro seria no fim da tarde, no Caju. Fred insistiu: era fundamental impedir que a cerimônia desandasse, nada de tumulto, de queimar ônibus, de fechar a avenida Brasil, de ameaçar jornalista. Não poderiam dar margem a comentários que vinculassem os jovens ao tráfico de drogas no morro.

— E o caso do Serrote? O cara lá do Borel disse que aceitava pagar pelo enterro, o Serrote ajudava de vez em quando no *movimento*... — quis saber Vladimir.

— Nada disso, manda dizer que a família agradece, mas que não podemos envolver o tráfico nesta história. O Serrote tinha ficha limpa, nunca foi preso. Não vamos dedurar o cara depois de morto. Mesmo que ele fosse um bandidão: foi assassinado, não foi morto em troca de tiros. Foi homicídio, vamos tratar o caso como homicídio de um morador do morro. Portanto, nada de enterro de luxo, de coroa de flores com aquela história de paz, justiça e liberdade. Isso queima o filme dos garotos, joga a pecha de traficantes em todos eles, vai ajudar a livrar a cara dos policiais.

Fred disse que estava tentando marcar um encontro das mães dos garotos com o comandante do batalhão, mas que ainda havia alguma resistência. Afinal, não havia provas do envolvimento de PMs na história.

— Talvez ainda nesta semana a gente consiga alguma coisa. Mas é preciso convencer as mulheres, é fundamental que elas participem do ato público na Cinelândia, na quinta-feira. Por falar nisso: como é que tá a convocação?

— Mais ou menos. Foi bom você ter falado no assunto hoje na TV, isso sempre ajuda. Eu dei uma entrevista para uma rádio comunitária lá da Tijuca, um negócio complicado, tive que medir palavras, não podia falar em nada que envolvesse uma facção... A rádio fica lá no Borel, mas é ouvida em todos aqueles morros.

— Rolou mesmo aquele foguetório na Formiga?

— Rolou, rolou. Uma merda. Assim que os corpos foram encontrados, os caras fizeram um escândalo, fogos pra cacete, comemoraram as mortes dos *alemão*... Eu tive que ser muito cauteloso, não podia botar mais lenha na fogueira. Até o apresentador pediu para eu pegar leve, que não podia se queimar com os caras do outro lado, que neguinho anda meio bolado com ele, que outro dia mandaram um recado, para ele não aparecer pela Muda, que ali não era território dele. O cara tá inconsolável. Levou uns três meses pra conseguir comer uma mulher que mora na subida da Formiga. Agora não pode ir até lá ver a moça, um monumento, segundo ele. Eles têm que se encontrar fora, longe do morro, escondidos, uma droga.

— Mas, como é que você fez?

— Falei no geral, da violência da PM, disse que todas as comunidades estão ameaçadas, que não basta o governo querer dar proteção para os ricos, que tem que olhar pelos pobres, que tem que tomar conta de seus agentes, aquela história de sempre. Foi muito rápido, mas eu acho que funcionou. Fui na mesma linha que você lá na TV, insisti que a manifestação era organizada pelo Núcleo, que a gente não era ligado a nenhuma comunidade em particular. Dei o número do nosso telefone, fiz o possível.

— Você tá virando um diplomata, meu caro Vlado.

— Sacaneia, pode sacanear. — Vladimir parou, olhou para as fotos de Che Guevara e Mandela. Apontou o dedo indicador para as imagens e discursou para seus ídolos:

— Camaradas: tratem de tomar uma atitude. Seus companheiros, Che, nossos irmãozinhos de cor, Mandela... Eles estão se pegando, um dando tiro no outro, não têm a menor solidariedade de classe. E a polícia segue enchendo todo mundo de bala.

— E a gente aqui no meio... — completou Fred.

— Fred? — disse Vladimir depois de alguns segundos em silêncio.

— Hein...

— A gente tá ferrado, isso aqui não vai dar certo nunca.

O advogado se levantou, pegou mais um café, pingou algumas gotas de adoçante.

— Quer saber? Eu também acho. Mas não conta pra ninguém, tá? Enquanto a gente não arruma uma saída melhor, a gente vai cuidando aqui do nosso botequim. Vamos ver se fica tudo em paz amanhã no enterro, se a manifestação vai dar certo. É o que nos cabe fazer agora. Bem, vamos embora? Preciso chegar cedo, tenho visita hoje.

— Vai estrear a cama do apartamento, doutor?

— Espero que sim, companheiro. Estrear a cama, abrir um bom vinho: vinho argentino, que Fried me perdoe. Isto, claro, se ninguém me ligar dizendo que teve uma chacina no Engenho Novo ou uma rebelião em Bangu 3. Na dúvida, vou desligar o celular. Tremo cada vez que toca aquele hino do Fluminense, fico com medo do Bush ter errado o alvo e mandado invadir a praia de Ramos...

— Também, né? Hino do Fluminense assusta qualquer um. Quem manda torcer pelo tricolor? Você é muito besta, né, neguinho? Devia ser o único crioulo de Piedade que torcia pelo Fluminense...

— Crioulo, não. Moreninho, como dizia a dona Elza. Moreninho levemente queimado. Além do mais, o Fluminense não era nem mais nem menos racista que o seu Flamengo, ou mesmo o Botafogo. Dos grandes, só o Vasco se salvava, assim mesmo porque a portuguesada sabia que precisava dos crioulos para ganhar jogo.

Vladimir balançava a cabeça, ar de quem já ouvira muitas vezes a mesma história e os mesmos argumentos. OK, dr. Frederico, você agora quer me convencer de que o Fluminense tem a mesma cara de povo do Mengão. Não era na Gávea, mas nas Laranjeiras, que jogador botava pó-de-arroz na cara pra disfarçar a cor da pele. No Mengão, ninguém disfarçava a cor. Queria ver se vocês iam deixar o Fio Maravilha freqüentar as Laranjeiras, usar o uniforme tricolor.

Fred não respondeu, mas admitiu que o comentário fazia sentido. Não dava para imaginar um negão como o Fio, grande, desajeitado, com os dentes projetados para fora da boca, envergando o uniforme do Fluminense nos anos 60 e 70. O Fio era a cara do Flamengo, não tinha nada a ver com o tricolor. Procurou mudar de assunto:

— Parei meu carro na Gomes Freire, vem que eu te deixo na Praça Quinze.

Vladimir aceitou a oferta. Fechou a porta do Núcleo e aproveitou o boa-noite para Scheyla, para fazer uma última provocação ao amigo:

— Nada até agora, formosa Scheyla, tesão da Mem de Sá, princesa das calçadas? Desanima não. Daqui a pouco vai terminar o jogo do Fluminense, vai estar assim de tricolor querendo afogar as mágoas em você. Eles adoram travecos.

— Traveco, não. Mulher genérica — respondeu Scheyla.

No caminho até o ponto final do ônibus Fred perguntou se Vladimir não queria dar uma passada em sua casa, no sábado, talvez. Precisava de uma ajuda do amigo para conferir a instalação do computador — fiz daquele jeito que você mandou, mas sei lá, não custa dar uma olhada —, ligar o videocassete. Você sabe como eu me enrolo com esses negócios.

— Claro que sei, é só ouvir esse toque ridículo do seu celular pra notar que você não entende de nada que tenha botão ou parafuso. Deve ser a idade, na sua época era tudo mais simples, né? Vou tentar ir até lá e, se der, se eu estiver de bom humor, eu aproveito e tiro essa porra desse hino do seu telefone. Prometo que não coloco o do Mengão.

Brinde

— Mais um pouco de vinho?

— Não, pra mim chega. Eu não bebo muito, você sabe.

— Claro, você não pode se arriscar a perder o controle de nada, de nenhuma situação. Falta grave, item tal, parágrafo não-sei-qual do regulamento...

— Bobão. Olha quem fala, um advogado! Tô cansada, saí de casa cedo, mal deu tempo de ver o João Lucas, dei só um beijinho nele. Coitado, anteontem ele reclamou, disse que tava preocupado comigo, que eu trabalho muito, que ele quase não me via. Eu acabo me sentindo culpada, quase não fico em casa. Ele fica pendurado naquele computador o tempo todo, mal consigo abrir os meus e-mails. Pior é que meu pai reclama, enche o saco do garoto, diz que ele vai ficar doente de tanto olhar pro monitor, que criança tem que ir pra rua, jogar bola, soltar pipa. Papai pensa que a gente vive no tempo dele: como é que eu vou deixar um menino de nove anos solto na rua, com esta violência toda? Ainda mais filho de PM, de dois PMs... Fico apavorada em pensar que alguém venha descontar nele alguma coisa que eu tenha feito ou, pior, que aquele safado do pai tenha feito.

— Você sabe que eu não gosto de me meter nisso, eu nem conheço o João Lucas. Mas acho que, sei lá, acho que você mima demais o garoto. Deixa ele sair um pouco, dá um pouco de liberdade pra ele...

— É fácil falar, Fred. Você é engraçado, não quer nem conhecer o João Lucas, eu podia dizer que você era um amigo, mas você foge... Diz que é para preservar a relação, não criar problema... E agora vem dar palpite na educação do menino. Por favor, né? Tô cansada, estressada, e ainda tenho que ouvir isso. Vamos mudar de assunto, tá? Amanhã tenho que estar cedo no quartel. Vai ser um dia complicado. Dia complicado... como se existisse algum dia tranqüilo por lá. Como diz um colega, de tédio a gente não morre.

— Enfim, um pouco de otimismo...

— Repito: você é engraçado. Sabe muito bem que eu fico lá, sentada numa cadeira elétrica, administrando problema e pressão que chegam de tudo que é lado. Pior é que você não ajuda em nada. Só complica, só me traz problema. A entrevista de hoje, porra, Fred. Precisava pegar tão pesado? Você, pelo menos, podia ter avisado que ia participar do vivo... Quando vi que você tava lá eu fiquei passada, deprimida. Eu nem era pra estar aqui, na sua casa.

— Tá bom, tá bom, Bia. Você tem razão. Mas eles me chamaram em cima da hora, não tive como ligar pra você, foi uma correria...

— Aquilo foi sacanagem sua. Sacanagem sua e daqueles caras da TV. Isso não se faz, fiquei puta. Você faz aquilo comigo e depois fica aí, me gozando. Até parece que você também não leva seu trabalho a sério. Os seus trabalhos, né? De vez em quando eu acho que você se expõe demais, se arrisca muito. Qualquer dia os caras do escritório vão se cansar desta, como é que se diz?, dupla militância.

— Meu Deus! Vocês são todas iguais... — Fred aproveitou a deixa para driblar a possibilidade de novos comentários sobre a entrevista e a provocação que fizera, ao vivo, diante da câmera. — Diz pra mim, vai: vocês decoram um texto? Têm um autor em comum?

— Como assim?

— A Carla vive me falando a mesma coisa, que me exponho demais, que arrisco meu emprego...

— Sei, a Carla, aquela lourinha do escritório, né? Ela se preocupa *muito* com você. Não vê a hora de implementar por conta própria uma forma de política compensatória. Vai se redimir por séculos de exploração, por anos e anos de escravidão. Dar para o colega negão vai representar, para ela, o ato definitivo, o gesto que vai marcar a submissão do branco diante do negro, a redenção final, a integração das raças. A boqueteira da libertação, a princesa Isabel do século 21... Vai fundo, dr. Afrodescendente. Quer dizer: se é que você já não foi...

— Gracinha... — Fred se arrependeu de ter falado na colega de escritório. Pensou se não teria sido melhor discutir sobre a entrevista na TV.

— Vai dizer que ela não é doida por você?

— Bia, Beatriz, minha querida major Beatriz Ferreira... Deixa isso pra lá, vai. Deixa a Carla em paz. Me dá um beijo, vai. Esquece isto. Toma mais um pouquinho do vinho. Amanhã a gente vai ter um dia cheio, complicado.

— Certamente que vai. Você lá, no meio daquele monte de gente, organizando o enterro dos garotos. Dando entrevista, exigindo punição para os policiais militares, dizendo que quem deveria dar segurança não passa, como é que você disse outro dia?, de "agente do terror estatal". Cara, naquele dia eu pensei seriamente em nunca mais dar pra você. Neguinho filho-da-puta... Me senti um capitão-do-mato, caçadora de escravos fujões.

— Bia, você sabe que não é nada contra você, não tem nada de pessoal, a briga não é com a instituição, mas com aquele bando de PM safado.

— É, mas no fim, quem se arrebenta sou eu. Sou eu que tenho que dar entrevista, que tenho que divulgar a versão da PM, sou eu que tenho que aturar jornalista. Sou eu que tenho que ficar respondendo às suas provocações na TV.

— E eu lá tenho culpa de ser apaixonado por uma oficial da PM? Deve ser uma espécie de síndrome do Pelourinho, versão afro da síndrome de Estocolmo, aquela história do torturado se afeiçoar ao torturador. Eu adoro minha PM, que que eu posso fazer? Vou mandar fazer um adesivo para colocar no carro. Não tem uns manés que colocam no vidro aquele adesivo, "Eu amo a minha esposa"? Pois é, eu vou colocar um assim: "Eu amo a minha PM", ou então: "Eu amo a minha meganha". Ainda vou ser estudado, algum psicanalista vai desenvolver uma tese sobre isto. Ele pode dizer que se trata de uma manifestação sadomasoquista, algo como um banzo da senzala, saudades da proteção simbólica oferecida pelo senhor de engenho. Ou, quem sabe, uma paixão simbólica de um descendente de escravos por uma mulher que representa a continuação dos capitães-do-mato...

— Você, quando bebe, fica tão engraçadinho... Isso se, antes de eu chegar, já não tiver fumado unzinho. *Unzinho, um-dois.* Acho tão bonitinhos os apelidos que vocês dão pra maconha...

— Pô, Bia, você realmente decidiu implicar comigo hoje, né? Não, não fumei nada. Você sabe que só dou um tapinha de vez em quando, isso, quando alguém me oferece, só pra matar a saudade da juventude. Demorei tanto a fumar um baseado... Cada vez que alguém me apresentava um, eu lembrava da minha mãe: "Fuja desse negócio de tóxico, isso é coisa de bandido, vão achar que você é marginal, vai ficar viciado, isso é coisa de vagabundo...". Ela só não dizia que era coisa de preto. Não dizia, mas que pensava, pensava...

— Por mim, liberavam essa merda, era menos um problema pra gente... Mas o que acho engraçado é você dar grana pra esses bandidos, pros meus inimigos, pros caras que estão doidos pra me matar.

— Tá bom, tá bom. — Fred levantou-se, aumentou o tom de voz, começou a andar de um lado para outro da sala. — Não fumarei mais maconha, não beberei mais, nunca mais falarei mal da PM, nunca mais farei sexo! Tá bom assim, amor?

Foi a vez de Beatriz se levantar. Colocou a taça sobre a mesa de madeira, um dos poucos objetos da sala. Além dela havia quatro cadeiras, algumas almofadas espalhadas sobre o tapete de sisal. No canto, perto da janela, uma mesinha e um abajur.

— Deixa de besteira, Fred. Mas, vem cá: quando é que você vai deixar de morar num acampamento, hein? Você já tá grandinho, 43 anos...

— Estou à espera da mulher da minha vida. Ela é que vai ter o direito de escolher a decoração da casa. Se você quiser se candidatar... Além do mais, homem solteiro que tem casa muito arrumadinha é viado. Já sou preto, não dá para ser viado, é acúmulo de função. Mas, enfim, o convite para ser a rainha do meu humilde lar está mantido. Minha senzala adoraria a presença de uma representante da casa-grande...

— Você acha que eu acho que sua proposta é séria? Fred, Fred. Você acha que eu caio nessa? Homem, com alguma grana, 43 anos, inteligente, solteiro, heterossexual e ainda esperando? O mercado tá todo a seu favor, meu querido. Você não casou porque não quis. E não me vem com aquele papo de ser preto, que ninguém quer casar com preto. Do jeito que tá faltando homem, você pode ser preto, amarelo, vermelho, azul, cor-de-abóbora... Mulher é que não falta pra você. Sua sorte é que, nesta altura do campeonato, eu também não quero nem pensar em casar de novo. Tô escaldada, ainda não me recuperei da primeira experiência.

— Você é cheia de certezas, né?

— Em relação a você, sou. Enfim, agradeço a gentileza da proposta, é uma cascata, mas é gentil. Vou dormir. Hoje não tem sexo, tá? Castigo pela armadilha televisiva que você ajudou a armar contra mim.

Protesto

Os três corpos foram velados em capelas contíguas. Gritos, choro e protestos se misturavam, era como se fosse um mesmo velório. Três jovens de origens parecidas, de rostos mais ou menos semelhantes, de histórias cheias de pontos em comum. Infância pobre, escola incompleta, maior ou menor grau de ausência do pai. Biografias que se misturavam até no momento em que passaram a seguir caminhos aparentemente opostos. Eram, na prática, complementares, todas fruto de um tipo de determinismo que parecia transformar pobres em estereótipos. Um camelô, o outro possível jogador de futebol, um terceiro que tinha lá suas relações com a venda de drogas na favela. Tudo meio previsível: assim como as suas mortes, iguais às de tantos outros colegas de origens, rostos e histórias que se entrelaçavam; um bordado que parecia repetir quase sempre o mesmo risco, tragédias que, pela redundância, se tornavam banais.

Trazidos de ônibus do Borel — os donos da empresa acharam mais prudente ceder os veículos, era melhor do que correr o risco de vê-los queimados mais tarde —, parentes, vizinhos, colegas de escola e de trabalho dos três jovens se misturavam no saguão e nas capelas. Revezavam-se diante das câmeras de TV em entrevistas gravadas em contraluz, vê lá se vai mostrar meu rosto, porra, os vermes me apagam. Alguns se arriscavam a acender um baseado em meio aos túmulos, uma última homenagem aos companheiros, justificavam.

Celular colado ao rosto, Vladimir fazia uma espécie de ronda. Conversava com parentes, com diretores da associação de moradores, com pessoas que sabia ligadas à venda de drogas no morro. E ia ao encontro dos policiais militares designados para acompanhar os enterros. Por um acordo conseguido na última hora fora estabelecido que a PM não entraria no cemitério. Vladimir sabia que um simples grito de "assassinos" tenderia a se transformar em coro. Os PMs ficariam quietos naquela hora — com tanto jornalista junto, o melhor seria fingir que ignoravam os gritos —, mas a represália acabaria acontecendo.

— Não deixa este negócio ficar parecendo enterro de bandido — gritava Fred pelo celular. — Dá um jeito de segurar esses caras. Estou indo para uma audiência, um processo enrolado, não vai dar para aparecer por aí.

— Cuida do capital que eu me viro com o trabalho — brincou Vladimir, ele próprio surpreso por conseguir tirar alguma graça de tudo aquilo.

No cartório da Vara de Falências, Fred estendeu a mão direita para o acionista da cadeia de supermercados. Era a primeira vez que se encontravam — os contatos anteriores tinham sido com o diretor jurídico da empresa.

— Dr. João Maria Gonçalves? Sou Frederico Cavalcanti de Souza, do escritório do dr. Honório. Eu vim para a audiência.

Frederico já previa a resposta.

— Você, digo, o senhor é o dr. Frederico de quem o dr. Honório tanto fala?

— Espero que fale bem, dr. João...

— Sem dúvida, sem dúvida, ele elogia muito o seu trabalho. É que eu o imaginava mais... *(branco, pensou Fred)* ... velho. O senhor é muito moço.

— Tenho 43 anos. Negros aparentam ter menos idade. Nosso cabelo demora a embranquecer, a cor da pele ajuda a esconder as rugas. Alguma vantagem tínhamos que ter, não é mesmo, dr. João?

O executivo pareceu constrangido com a resposta mas, ao mesmo tempo, aliviado por saber que Frederico *admitia* ser negro. Fred se divertia ao perceber reações como a dele. Já que ele dizia ser preto, tudo ficava mais fácil. Acostumara-se a isto, muitos de seus interlocutores demonstravam constrangimento ao ouvir dele o que seus próprios olhos já haviam percebido: que aquele sujeito ali, aquele advogado bem-vestido, bem falante, era mulato, era negro. Fred admitia que era um negro. Logo, as palavras preto, negro, negão poderiam ser usadas com tranqüilidade, ele não se sentiria ofendido. Seria como falar em branco, em louro, em careca, em barrigudo, em bigodudo; falar de um sujeito alto, de um outro baixo. Citar características físicas sem que isto revelasse um juízo de valor, positivo ou negativo. Fred ainda se admirava pelo fato de que o óbvio ainda tivesse o peso de revelação: era evidente que ele era negro — ou, vá lá, mulato, palavra condenada pelos movimentos negros mais radicais. Ser negro estava na cara, no cabelo, na cor da pele. Mas, por educação, por preconceito, ou mesmo pelo medo de parecerem preconceituosos, brancos ou apenas mais brancos do que ele ainda precisavam de uma licença, de uma espécie de autorização para poder dizer que ele era o que parecia ser: negro.

No início da carreira, ainda estagiário, engolira por diversas vezes a expressão "aquele moreninho", volta e meia utilizada para descrevê-lo, para identificá-lo em meio ao grupo de jovens então admitidos no primeiro escritório em que viria a trabalhar. Uma vez até tentou uma correção. Umas latas de cerveja a mais tomadas em um churrasco de fim de ano do escritório lhe deram a coragem para um protesto tímido, quase envergonhado. "O senhor me desculpe, dr. Sérgio, mas eu não sou moreninho, minha pele é quase negra, meu cabelo é enrolado, meio duro..."

— Vai dizer que tem pau grande também? Pau de negão?

Fred preferiu não responder ao comentário feito, entre risos, pelo dono do escritório. Pediu licença, afastou-se da roda e deixou a festa. Na semana seguinte, pediu para deixar o estágio. Naquele momento, pouco antes da formatura, pensou como seria bom não ser negro, mas também não ser branco, muito menos mestiço, ou pardo, ou moreno. Queria era não ter cor. Não queria ser muito alto, nem muito baixo; nem muito magro, nem gordo. Queria ser percebido apenas pelo seu trabalho, por suas qualidades ou mesmo por seus defeitos. Mas não queria ser julgado a partir de sua cara, de sua cor: aquele moreninho, aquele pretinho, aquele neguinho. Seria apenas o Fred, o dr. Frederico Cavalcanti de Souza, advogado.

O enterro acabou de forma quase tranqüila. Após os sepultamentos, de volta para os ônibus, moradores do morro não resistiram e vaiaram os policiais. Alguns manifestantes mais exaltados, ao perceberem as câmeras de TV, chegaram a fazer com os dedos a sigla de uma facção criminosa, uma das três ou quatro que, de acordo com a imprensa, dominavam o comércio de drogas na cidade. Grupos de existência meio amorfa, comandos sem comandantes, de muitos comandantes, de hierarquia confusa, de composição sempre mutante

— as mortes, as prisões, as guerras obrigavam a uma constante modificação nos organogramas do comércio de drogas da cidade. Quadrilhas promotoras de uma violência que se superava, que se reinventava, que acordava a cada dia mais cruel, integradas por jovens muito parecidos no tipo físico, na cor, no jeito de falar, de andar. Jovens que se diziam inimigos, que se eliminavam, que disputavam entre si o direito de torturar, matar, retalhar, queimar. Que cultivavam o prazer de serem temidos, aqui pra vocês! O gesto com os dedos, sabiam, faria tremer quem assistisse aos noticiários da TV. Isso era bom, era legal meter medo naqueles babacas, tomara mesmo que eles se caguem, que digam que tudo tá perdido, onde é que nós viemos parar.

O uso de símbolos, gestos, lemas, roupas desta ou daquela marca ou cor ultrapassara os limites das próprias quadrilhas. Até crianças eram obrigadas a respeitar aqueles códigos difusos, leis vindas sabe-se lá de quem. Quem é daqui não pode usar isso, quem mora aqui não vai pra lá. Os de lá são inimigo, alemão. Com o tempo, ordens foram acatadas, viraram costume, até motivo de orgulho. Gestos, vogais e consoantes esculpidas nos dedos, pintadas nos muros, siglas, roupas, cores serviam para amedrontar, angariar algum respeito, chamar atenção, nós existe, porra!, para botar marra para os das outras cores. Os símbolos ajudavam a manter a tensão, a criar um sentido, a dar um pouco de ordem, alguma ordem tem que existir. Serviam também para desafiar e encarar aqueles que julgam ser donos de todas as cores, de todas as possíveis combinações de letras do alfabeto, que se acham acima das brigas. Serviam para impor respeito, caralho. Se eu sou daqui é porque sou de algum lugar, eu tenho um lugar, o lugar é uma merda, mas é meu, e o meu lugar não pára de se espichar, de crescer para cima do de vocês. O lugar de vocês, seus filhos-da-puta, o lugar de vocês só diminui, vocês têm mais é que morrer de medo da gente, de se trancar em casa. Isso aqui é a guerra, é que nem time, tem amigo, tem alemão. AK, AR, Sig Sauer. Eu sou do comando e não sou comandado, mete a mão no fuzil ou na metralha, vou dar porrada eu vou, e ninguém vai me segurar.

Vladimir foi do cemitério para o trabalho, não daria tempo de ir ao Borel, nem ao Núcleo. Eliane ligara: pelo jeito, grávida de novo. "Tenho um probleminha, preciso de sua ajuda, irmãozinho, só você que pode me dar uma mãozinha." Os diminutivos indicavam mais uma gravidez, talvez um segundo aborto. Aos 19 anos, seria a terceira gravidez da irmã, mãe aos 14 anos — Thesla era filha de um motoboy, "meu maridinho", dizia Elaine. Um mês depois do parto, o maridinho se mudou para Ricardo de Albuquerque, deixou mulher e filha em Guadalupe.

Comunicado

O comando da Polícia Militar do Rio de Janeiro informa ter apurado que, entre as 23h de domingo e as 2h da madrugada de segunda-feira, quatro viaturas da corporação estiveram em trabalho de policiamento ostensivo na área da Muda e da Usina, na Tijuca. Duas eram do 6º BPM e duas do Getam, Grupamento Tático-Móvel. Ouvidos por seus comandantes, os policiais militares que ocupavam as referidas viaturas negaram que tenham efetuado qualquer detenção irregular naquela área e que, portanto, desconheciam episódios relacionados com o desaparecimento de três moradores do morro do Borel. O comando informa que, por medida de precaução, os oito policiais militares, os que estavam de serviço nas referidas viaturas, foram afastados do trabalho nas ruas e cumprem serviços internos, dentro das respectivas unidades.

— A nota tá correta, pode soltar para todo mundo. Deve servir para acalmar aqueles urubus, doidos para arrancar carniça de PM. Aproveita e manda também o release sobre a decisão do comandante-geral de dar uma medalha *post mortem* ao sargento de Acari. É capaz dos jornais não publicarem uma linha sequer, mas não custa mandar o release, pode render um registro. Pelo menos, ninguém vai poder dizer que não publicou porque não tinha informação.

Olhos fixos no pedaço de papel que trazia o texto da nota, a major Beatriz Ferreira sabia que o comunicado escondia mais do que revelava. Dos quatro carros identificados, apenas dois cumpriam missões que tinham roteiros previamente aprovados por seus comandos. Ou seja: daqueles carros, dois estavam fora de rota, soltos na noite. Podiam estar circulando a esmo, podiam ter-se atrasado em uma missão, podiam ter ido atender a um chamado feito por alguém na rua, ou podiam estar apenas à espera de alguma oportunidade para um achaque, uma extorsão. Podiam, podiam, podiam. As possibilidades eram muitas, mas Ferreira sabia que, de um modo geral, elas tenderiam a se afunilar, a se transformar em certezas. É claro que alguns daqueles caras tinham aprontado para cima dos garotos. Restava saber quem tinha feito o quê.

Dos quatro carros, três estavam equipados com sistema de localização por satélite, o GPS. Nesses casos seria possível reconstituir, minuto a minuto, todo o trajeto das viaturas. Saiu daqui foi para ali, parou acolá. Um sistema que, nos últimos anos, tinha sido importante para condenar e mesmo para absolver PMs acusados de cometer crimes. Ferreira não conseguia era entender o porquê de policiais militares continuarem a fazer besteiras mesmo sabendo que seus carros eram passíveis de monitoramento. Com os números das viaturas em mãos, a major decidiu que, no dia seguinte, na quarta-feira, iria ao Copom, o Centro de Operações da PM, que funcionava em outra ala do QG. Não custava nada dar uma olhada para ver se os caras já tinham conseguido identificar os trajetos das viaturas. A corregedoria também requisitara os CDs com as gravações de todas as conversas mantidas pelos policiais suspeitos com a base. Era improvável que alguém tivesse falado alguma impropriedade com o microfone aberto, mas, sabe-se lá?

— Major, é aquela repórter de novo, a Clara. Ela quer saber se a PM não vai divulgar os nomes dos policiais suspeitos. — A consulta é feita pelo capitão Pinheiro, também lotado na 5ª Seção, a de Relações Públicas.

— Diga para a repórter, por favor, que a corporação, da mesma forma que não tolera atos de desvio de comportamento, também não admite levantar suspeitas sobre pessoas que, até prova em contrário, são inocentes. Não vamos divulgar mais nada por enquanto.

Roseta

qual eh?!9vidades?!!!!!!aki tah nda baum!!!!! naum deu pra sair pra lugar neimhum ☹!!!!!! ontem q foi legal!!!! fomo lah na kza do kk. comemu brigaderu i tomamu paks!!! foi bom pq fazia tempu q eu naum ria c/ eu ri... foi mto iradol!!! tem q fazê isto maix vzs ☺!!!!! qq ora vc tem q vir ateh aki. vou falah co a minha mae. a parada eh q ela ta brigando mto comigo ta xata pra kct ☹ !!!! so fla q eu naum tô estudando q so kero sabe de tc no computador e o foda e q ela ta certa a exkola tah mto xata so tem mane nkla porra. mas vo tenta falah com ela para vc vi aki. pior eh q naum tah dando nem pra falah com ela. akela porra do trabalho dela eh foda so eu pra t mae i pai pm. e como naum para de t kagada na cidade eu naum consigo neim falah direito com ela. ela xega tarde paks e naum para de reklamah da pm i dos bandidos. Si bem q eh ate baum eh menos enxesao de sako, naum tenhu + sako pra bronca e exporro.

Duelos

— O senhor faça o favor de sair com calma, sem movimentos bruscos.

O tratamento que poderia indicar respeito — senhor, faça o favor — apenas reafirmava o óbvio. Negro *naquela* hora, *naquele* carro, *naquele* lugar, era suspeito. Suspeito de alguma coisa, de qualquer coisa. Suspeito ainda que, como agora, aos olhos de um soldado ainda mais preto que ele. Evitara escurecer os vidros do carro para não ter problemas com a polícia — ao não verem o motorista, os policiais tenderiam a parar o carro com maior freqüência. Errara, tinha certeza. Melhor não ser visto do que ser notado todas as vezes. Com os vidros escurecidos, teria ao menos o benefício da dúvida. Assim, desprotegido, transparente, era sempre visto, muitas vezes parado. Um negro *naquele* carro, algo *deveria* estar errado; pelo menos, *poderia* estar errado. Destravou o cinto de segurança devagar, abriu a porta do carro, saltou.

— Isso, agora, por favor, se vire e coloque as mãos sobre o capô.

Fred não fez qualquer gesto, ficou parado, de frente para o soldado.

— Por favor... — tentou argumentar.

— Cidadão, mãos sobre o capô, por favor — o policial falou em um tom mais alto. Fred fez um gesto lento, abriu levemente os braços e falou de forma pausada.

— O senhor pode chamar o oficial responsável pela operação? — Fred tentava evitar a humilhação de ser revistado, de costas, imprensado contra o próprio carro.

O PM não se preocupava em disfarçar sua impaciência. Mais, parecia interessado em ressaltá-la, em torná-la maior do que era.

— Mãos sobre o capô, por favor, cidadão!

De frente para o soldado, que recuara dois passos, Fred mirou nos seus olhos. Levou as mãos até a altura da boca, apertou uma contra a outra, levantou a voz. Não ia se virar, não ia colocar as mãos em cima do capô do carro, não era bandido, exigia respeito, não iria ser humilhado no meio da rua, fazia questão de falar com o oficial responsável pela operação.

— Sou um cidadão, um advogado que merece ser tratado com dignidade! — Por um momento, Fred achou que o soldado poderia acionar o gatilho. Ou ele ou um colega parado na frente do carro. Um tiro que fizesse calar aquele crioulo folgado, que restabelecesse a ordem naquela operação, que mostrasse quem é que mandava ali.

Mas o soldado permaneceu imóvel, a mão direita apertada contra a arma, apontada para o chão. Parecia surpreso pela reação daquele neguinho abusado. Na dúvida, chamou o oficial.

— Tenente! Por favor, tenente! O *pastor* aqui tá meio estressado...

Ainda na Vinte e Quatro de Maio, logo depois de ter-se livrado da blitz, irritado por ter passado por mais um "procedimento de rotina" — "como esses procedimentos são rotineiros para quem é negro", ironizou para o oficial —, Fred percebeu a ansiedade do motorista de ônibus que vinha logo atrás dele. Na tentativa de abrir caminho, o motorista quase encostara o pára-choque do veículo contra a traseira do seu carro. Reagiu com um leve toque no pedal do freio, suficiente apenas para fazer piscar as luzes das lanternas traseiras, o bastante para assustar o motorista do ônibus; ele sim, seria obrigado a frear de forma brusca para evitar uma colisão. Fred, velocidade máxima permitida, não via por que dar passagem a alguém que a exigia de forma tão agressiva. A provocação do toque no freio seria repetida mais duas vezes. "Saia da frente!", gritavam os ruídos que vinham do motor, as luzes altas do farol, o pára-choque que crescia no retrovisor. "Passa por cima!", respondiam as luzes vermelhas das lanternas, complementadas por um golpe rápido no volante, bem-sucedida manobra que evitou a ultrapassagem pela pista da direita, para onde fora seu adversário. Agora era hora de acelerar um pouco, impedir que o ônibus entrasse pela traseira do carro. Outro toque no freio, mais uma refugada do monstro que o perseguia. Fred emparelhou o carro com um outro, que seguia na mesma velocidade; o motorista do ônibus se viu bloqueado, sem alternativa, não tinha por onde fazer a ultrapassagem, ziguezagueava pelas duas pistas à espera de uma brecha. Passa, filho-da-puta, covarde, quero ver você passar agora. Assustado, o motorista do outro carro acelerou, queria ir para a direita, abrir passagem. Babaca, cagão — Fred pressionou o acelerador, ultrapassou então a velocidade permitida, fodam-se as leis, regras de trânsito, esse sacana tem que aprender. Perto da Dias da Cruz, o sinal mudou do verde para o amarelo, não vai dar tempo, se frear com força, ele passa por cima. Fred acelerou um pouco mais, passou o sinal já vermelho, que merda eu tô fazendo, puta que pariu. Parou a disputa, reduziu a velocidade, abriu caminho para o ônibus.

Fred entrou à esquerda, parou o carro em lugar que lhe pareceu ser razoavelmente seguro. Notou que suas mãos tremiam, deu um soco no painel:

— Porra!

Desta vez exagerara, fizera duas burradas em menos de dez minutos. Não deveria ter gritado com o soldado, não poderia ter provocado tanto o motorista do ônibus. Por pouco perde a razão, quase leva um tiro, quase provoca um acidente. Mas, merda, até quando seria tratado assim? Até quando seria obrigado a falar grosso, invocar a condição de advogado, a ter que se impor diante de um policial? Até quando a paciência para agüentar ironia, ser chamado de pastor — negro de gravata, carro novo, só pode ser pastor. Até seria quando constrangido a dar passagem, abrir caminho para alguém mais forte, mais poderoso? Por que a necessidade de ter que reafirmar, o tempo todo, que não era bandido, que podia ter carro, que tinha dinheiro para comprar *aquele* carro? Por que era parado, por que ceder a vez para alguém que dirige de forma irregular, que desrespeita a velocidade máxima?

O carro:

Como esperou para ser atendido na concessionária, parecia enfim que nem era negro, era como se não fosse nada. Nenhum vendedor o enxergava, ninguém acreditava que ele tinha ido ali para comprar um carro. Foi preciso ir à gerência, perguntar por que não era atendido se, aparentemente, havia vendedores disponíveis: assim na concessionária, assim no shopping, no restaurante. Na hora de fechar a compra, seu cheque era o mais conferido, seu cartão de crédito, o mais checado. Antes, mais novo, chegara a perder dinheiro, comprar o que não precisava: apenas para mostrar, podia levar *aquele* terno, podia pedir *aquele* vinho. Hoje, aos 43 anos, chegava a fazer o oposto, a fugir de algum problema que, para ele, se mostrava anunciado. Evitava ir a uma agência bancária malvestido, temia ser, mais uma vez, trancado na porta giratória, obrigado a abrir pasta, a esvaziar bolsos. Procurava não ir aos bancos — quando era inevitável, deixava a pasta e o paletó no escritório, forma de dizer, silenciosamente, que não escondia nada, estão vendo? Chegara a admitir para Beatriz, que tanto insistia para ir a um restaurante de um shopping que se especializara em lojas caras. "Lá eu não vou. Pode parecer besteira, sei que é besteira, mas lá eu não vou. Vão me tratar mal, eu vou ficar puto, vou acabar brigando, vou estragar a noite. Você viu? Foi lá que os seguranças deram uma dura no filho daquele ator. Lá eu não vou. Não quero sair de casa para me aborrecer."

O oficial:

— O senhor tem razão, dr. Frederico, o soldado deveria ter me chamado desde o primeiro momento, assim que o senhor fez a sua solicitação. Mas, compreenda, a tensão aqui é grande, nem sempre dá para cumprirmos o procedimento-padrão. O problema é que não podemos fingir que não somos alvo, nós estamos no meio da rua, fardados. Nós não temos como saber quem é que tá dentro do carro, se é um cidadão de bem ou um bandido. Mas os bandidos sabem que nós somos policiais militares. Não podemos permitir que eles atirem primeiro, espero que o senhor concorde comigo.

O tenente era jovem, parecia não ter chegado aos 25 anos. Alto, magro, ainda tinha algumas espinhas pelo rosto claro. A voz era firme, com poucas variações. O olhar assustado, não se fixava em Fred; enquanto falava, fazia movimentos bruscos para os lados, conferia o posicionamento dos subordinados. Vigiava.

— Compreendo, tenente. Mas espero que o senhor entenda como é desagradável ser tratado como bandido. Boa-noite.

— Bia? Fred. Tô em Piedade, vim visitar meu pai. Cheguei bem, tudo em paz. Vim protegido pelos seus colegas de corporação que, como sempre, estavam a postos, prontos para me cumprimentar, trocar uma palavra comigo. Se depender deles, de solidão eu não morro. Eles me adoram... Eu sei, Bia, sei que os caras estavam fazendo o trabalho deles. Mas, caramba, como eles gostam de mostrar serviço pra mim. Estou acumulando milhagem de tanta dura que levo de PM, qualquer hora vou poder andar de graça em camburão. — Envergonhado, Fred não teve coragem de contar o duelo no trânsito.

O telefone tocou logo depois dele encerrar a conversa com Beatriz. A ligação era de Vladimir. Pela hora, não havia erro, mais um problema, outro pepino. O hino do Fluminense voltaria a preceder uma má notícia.

Invasão

No abafado quarto-e-sala da Joaquim Palhares, na praça da Bandeira, Raimundo tentava contar para Vladimir e para a colega Arlete o que vira na madrugada. Melhor: o que Scheyla vira. Na hora do episódio, quem estava na rua era Scheyla, não Raimundo.

— Não me estressa, Vladinho. Não me estressa — repetia, enquanto Arlete colocava gelo no seu rosto, pouco abaixo do olho esquerdo. Com uma das mãos, Raimundo tentava firmar outro saco de gelo sobre um hematoma na coxa direita. Deitado sobre o lado esquerdo do corpo, conservava mais um saco de gelo no joelho.

— Como dói esta merda! Eu mato aqueles filhos-da-puta, eu mato!

A cada grito, Vladimir se impacientava.

— Calma, calma, Scheyla, quer dizer, Raimundo... Procura se lembrar com calma, devagar. Conta o que aconteceu, vai... Você não está tão machucada assim.

— Você fala assim porque não aconteceu com você, bicha desalmada. Aqueles monstros acabaram comigo, arrebentaram com meu rosto, com a minha perna. Isso não se faz com uma senhora.

Nascida Haroldo, Arlete enfatizava as queixas da colega de apartamento. Ao contrário da amiga, Arlete era sempre Arlete. Aposentara Haroldo e suas roupas masculinas havia mais de dez anos. Mulher 24 horas, costumava dizer, com ênfase no 24.

— Ela tá toda machucada, você não vê? Eu falei pra você, minha querida, a gente não deveria ter chamado este sujeito aqui. Aqui não é lugar pra ele, eu falei que ele não ia ajudar em nada, só ia atrapalhar.

Vladimir andava de um lado para outro do pequeno apartamento. Esbarrava em vestidos cobertos por paetês, em plumas, desviava as mãos de potes e potes de maquiagem acumulados em cima da penteadeira, tentava não tropeçar em sandálias coloridas, de saltos altíssimos, espalhadas pelo chão. Ele pedia calma, oferecia água com açúcar, perguntava se ela, se ele — se confundia nos gêneros, trocava o sexo dos pronomes — queria chamar um médico, uma enfermeira que fosse. Mas, por favor, Scheylinha, me conta o que aconteceu, como é que os caras entraram, quem foi que arrebentou com o escritório?

Quarta-feira é sempre uma bosta. Não vem quase ninguém, e quem vem vai embora cedo. Dia de chegar cedo em casa, de dar um trato na patroa, de dar beijinho nos filhos antes deles irem para a cama. E, no fim das contas, sobram aqueles bêbados de bosta, sempre aqueles que deixam para entregar minha grana na saída. Sobram os bêbados, eu e aquelas bichas velhas. Ô vidinha de bosta. Melhor era ter ficado no Crato, pelo menos no Ceará tinha menos viado. Como tem viado nesta bosta do Rio de Janeiro. E como tem gente que gosta de deitar com essas bichas, cada carrão que pára por aqui, se eu fosse contar, ninguém acreditava. Há seis anos que guardo carro aqui, Gomes Freire com Mem de Sá, pode perguntar, todo mundo me conhece, não por Francisco de Oliveira Gomes, que, assim, ninguém sabe. Mas se perguntar pelo Chico Bosta, rapaz, aí não tem jeito, não vai ter corno que não vai dizer que me conhece. Mesmo essas bichas aí, esses perobo de bosta, tudo sabe quem eu sou. Não é que eu seja amigo, eu sou lá amigo de bicha, rapaz?, mas tem umas até que fazem um agrado, pagam um café, um bolinho. Que comer o rabo deles o quê, rapaz, me respeite, na minha terra se você fala isso é um homem morto. Lá não tem disso não. Se bem que, lá pelo Crato, se diz que viado é quem dá, quem come não é viado não. Mas, como eu dizia, tem umas bichas que são até gentis. Feito aquela grandalhona, meio velha, bota velha nisso, não sei como tem gente que ainda encara a bosta daquele trubufu, eu hein! Diz-que o nome dela é Shirley, ou Sheila, negócio assim de gringo, tudo a mesma bosta, pode botar nome de gringa, mas não passa de uma bosta de uma bicha velha, rabo de brasileiro, velho e arrombado. Mas eu tava por aqui mesmo, aqui atrás, nesse mesmo cantinho que costumo ficar. Ih, já passava da uma, devia ser quase duas da manhã. Já era até pra eu ter ido embora, mas fiquei esperando aqueles pé-de-cana sair daquele boteco ali, aquele, cheio de luz no letreiro. Fiquei esperando, esperando, olhando as bostas das bichas passando pra lá e pra cá, pra lá e pra cá, e tome de bunda de fora, de bunda esticada, de bunda caída, de calcinha cravada no rabo, de peito de plástico. É tudo uma bosta, mas você acaba pegando o costume de ver, de apreciar, tem umas até que são jeitosas, o diabo é aquele troço pendurado no meio das pernas, dá pra encarar não. Nessa hora já nem tinha mais quase movimento, acho até que dei uma cochilada, tinha tomado umazinha, o olho tava pesando, é capaz mesmo de ter cochilado. Foi quando, Ave Maria, eu ouvi aquele grito, ouvi aquela porrada. Aquele barulho seco, porrada, mesmo. Bem, deve ter sido o contrário: primeiro a porrada, depois o grito. Mas sei lá, essas bostas dessas bichas gostam tanto de gritar que é capaz dela ter gritado antes mesmo de apanhar. Mas quando eu olhei melhor, vi a bicha caída no chão, a bolsa toda esparramada, a peruca no meio da rua, e um filho-duma-égua que não parava de chutar. E tome chute na bunda da bicha, que gritava, xingava o cara de tudo que é nome. As outras bichas saiu tudo correndo, era até engraçado ver aquele bando de mulher grandona correndo de sandália na mão, dando gritinho. E a pobre da Shirley ou da Sheila, sei lá, apanhando que até dava dó. É, era um sujeito grande, forte, morenão, cor assim meio puxada. Ele é que batia na bicha. O outro era mais claro, mais atarracado. Esse outro é que meteu o pé na porta ali daquela casa, aquela que fica ali na frente, ó, bem em frente de onde a bicha velha costumava ficar, o escritório daqueles neguinhos de gravata, deve ser tudo crente, pastor... Rapaz, foi porrada que parecia que não ia acabar, eu até me abaixei mais, tá doido que eu ia ser visto, ia apanhar igual a bosta da bicha. Só sei, rapaz, que depois de apanhar mais que boi ladrão, a bicha saiu correndo, correndo é modo de dizer, saiu mancando, o rosto todo cheio de sangue, a peruca toda mal-ajambrada, não é que a bicha ainda se preocupou em pegar a peruca?, um pé de sapato na mão, o outro no pé, ô coisa feia, dava até dó. Aí o cara que tava surrando a bicha também entrou pra dentro da casa, e foi então que deu pra ouvir a barulheira toda, a quebradeira toda. A bosta da casa apanhou mais do que a bicha.

— Mas Scheyla, o cara que te bateu. Ele não falou nada? Você conhecia o sujeito?

— Você acha que alguém pede licença pra dar porrada, bicha burra? Você acha, ai caralho, como dói essa merda, que o cara ia dar boa-noite, explicar o que ia fazer? Eu tava distraída, conversando com a Eduarda, bem encostada na porta, aí o carro parou. Eu fiquei até animada, sabe? Dois homão, assim, forte, cara de mau. Mas nem deu tempo de tentar paquerar. Os caras saíram logo do carro, um carro escuro, grande. O mulato, um negão, veio na frente e quando ia mandar o meu oi garotão ele me enfiou a mão na cara, uma mão imensa..., acho até que falou um sai da frente bicha velha, ainda me chamou de bicha velha, aquele viado, e tome chute, e tome porrada.

— Tadinha da minha amiga — Arlete foi até a cozinha pegar um copo d'água para Scheyla.

— E você não viu o outro entrar na casa?

— Você acha que eu ia ver alguma coisa, só via o pé daquele filho-da-puta me enchendo de chute, de bico. Puta que pariu, estou toda quebrada, vou ter que ficar fora da batalha mais de um mês.

— Isso deve ter sido coisa dos caras que mataram os garotos do Borel, eles devem ter ficado putos com o escarcéu que a gente tá fazendo, com a manifestação de daqui a pouco. Ou é coisa deles ou de amigos deles, o que dá no mesmo. Eu já falei com o Fred, ele já ligou para os jornais, para as TVs, avisou a imprensa inteira. Essa hora ele deve estar lá no Núcleo, esperando a perícia, os jornalistas. A gente vai sair de lá em passeata até a Cinelândia. Você acha que consegue ir na manifestação?

— Porra, Vladinho. Estou toda quebrada, toda doída, e você quer que eu saia de casa? Quer que eu apareça assim, um lixo, na frente de todo mundo? Você tá louca, é? Queria mesmo era mudar de ponto, ir pra bem longe de vocês que só sabem me arrumar problema.

— Tá bom, tá bom. Você não precisa ir à manifestação. Mas eu vou botar a boca no mundo, vou falar com a imprensa, vou contar esta história no meu discurso. Era sua chance de sair nos jornais...

— Imagina se eu vou me deixar ser fotografada assim, toda quebrada. Bicha tonta...

Mestrado

Fred e Beatriz se conheceram na universidade. Ela fazia um curso de extensão para oficiais da PM, ele tentava concluir os créditos do mestrado. A pós-graduação acabaria frustrada — mais uma das desistências que marcavam sua vida. Não era um abandono, apenas um adiamento, claro. Havia sempre um obstáculo, uma barreira mais imediata que urgia ser ultrapassada: a necessidade de se dedicar mais ao escritório, um processo complicado, a militância no Núcleo, a compra do apartamento. O mestrado — assim como o casamento, os filhos, a viagem a Roma, o sonho de montar o próprio escritório — podia esperar mais um pouco. Não é falta de coragem, não, Carolina. É que não tá dando, tô enrolado, sem grana, sem tempo, com outras prioridades. Sei que você discorda, que acha que eu não mudei nada, que continuo o mesmo. Acredite, é sério... Por onde você anda, Carolina? Tenho muito pra contar, pra perguntar. Preciso saber se você me perdoou.

De sua tentativa de reinserção acadêmica sobrara apenas Beatriz. Você estuda direito? Não, mais ou menos, quer dizer, eu faço uns créditos aqui no direito, mas sou de outro curso. Vou adivinhar: você tem um jeito de ser meio durona, deve fazer economia, administração. Errou, só mais uma chance. Não faz direito, economia nem administração.

Caramba, claro: contabilidade, você tem cara de contadora, de adorar números, livros, contas que fecham com exatidão, acho que os alunos de contabilidade fazem créditos aqui no direito. Errou. Então, desisto (sempre desisto, né, Carolina?). Você promete que não espalha? Claro. Muito prazer, capitão PM Beatriz Ferreira. PM? Você tá brincando. Por quê? Qual o problema em ser oficial da PM? Olha o preconceito, rapaz. Legal, essa é ótima: um afrodescendente, um negro, ser acusado de preconceito contra uma oficial da Polícia Militar do Rio de Janeiro. Admito, sou um felizardo, vivi o suficiente para isto. Engraçadinho: isso só prova como você é preconceituoso. Tá bom, tá bom, pode me prender, capitão, mas, por favor, pega leve, tá? — o sorriso que acompanhou a frase serviu para desarmar Beatriz e arrancar dela uma expressão de carinho.

A possibilidade de voltar a encontrar Beatriz nos corredores da universidade contribuiu para que Fred esticasse um pouco mais sua permanência no mestrado. Mais algumas semanas de curso, tempo suficiente para que a visse saindo a pé da universidade — ela só teria direito a carro oficial meses depois, quando da nomeação para a seção de Relações Públicas.

— Pra onde você vai?

— Vou pegar um táxi para casa, no Méier.

— Vou para Piedade ver meu pai — mentiu, ia para o Largo do Machado, onde então morava. — Se você prometer não reagir em caso de assalto, eu posso dar uma carona.

— Pior — continuou Fred, já com Beatriz dentro do carro — é se tiver uma blitz no meio do caminho. Seus colegas podem achar que você tá sendo seqüestrada... Já pensou? — Ele fez uma voz que imitava o som de uma transmissão de rádio: — Atenção todos os carros, oficial PM seqüestrada!

Oficial está sendo conduzida em auto suspeito por elemento negro em direção ao Méier!

— Se você fizer mais uma gracinha, eu salto do carro — a entonação indicava que ela poderia mesmo cumprir a ameaça.

— Tá bom, tá bom, vou tentar ficar quieto. Melhor: prometo me comportar, principalmente se você tomar um chope comigo.

Da conversa já se passou quase um ano. A partir dali, os encontros se sucederam. Beatriz falava de suas angústias em relação ao seu futuro, ao futuro do filho. Dizia da frustração sentida no fim do casamento, da dificuldade de se readaptar à vida na casa dos pais, dos fracassos amorosos. Admitia também a vontade, tão grande, de deixar a polícia, de fazer talvez um curso de direito e depois arriscar um concurso para o Ministério Público, "acho que nunca vou conseguir abrir mão de uma carreira estável". Havia também a possibilidade de se inscrever para um curso de aperfeiçoamento na França. Até já conversara com o comandante sobre o assunto, ele lhe dissera que as poucas vagas eram muito disputadas, que, claro, poderia encaminhar seu nome quando ela desse o sinal verde, ela que tratasse de aperfeiçoar seus conhecimentos de francês, falar o idioma poderia desempatar o jogo a seu favor.

De início mais discreto, Fred, aos poucos, começou a falar de sua vida, de sua história. Da touca no cabelo ("Touca de meia? Claro que sei, sou suburbana feito você. Mas não acredito que você usava *aquilo*, Fred"), da dificuldade que fora aceitar que era discriminado, da luta para não sucumbir à tentação de ver o mundo apenas por essa ótica, do cuidado para não ser apenas um militante, um chato que, olho treinado, enxerga o preconceito em cada esquina, em cada situação, mas admitiu, nem sempre conseguia um equilíbrio ("É muita porrada, não dá para fingir que não vejo o que tô vendo"). Falou do trabalho no Núcleo, ela se identificou com a história da PP:

— Plantação de pepinos? A PM então é um latifúndio produtivo, não temos falta de pepino, de abacaxi...

Fred falou também de Friedenreich, omitiu a história do pano mas contou do jogador, de sua luta patética para que ninguém visse o que nele era o mais visível. De seu esforço para ter cabelos lisos, de sua prática de adotar hábitos de branco; de sua tentativa de ser mais branco que os brancos no falar, no vestir, no jeito de se portar. Disse de suas dúvidas, de como o fantasma de Fried o perseguia e servia de referência. Uma referência contraditória, especular: apesar de compreender as razões do jogador para disfarçar sua cor, Fred não queria imitá-lo. Talvez por ter, durante tanto tempo, por outros caminhos e motivos, aderido a uma variante da mesma lógica que regia a vida de Friedenreich. Hoje, tinha certeza, não seria razoável fingir-se de branco: além de inútil, seria ridículo, seria vergonhoso. Compreendia as razões de dona Elza, de tantas pessoas como ela, mas não podia mais aceitar como razoável esse tipo de opção. Chegara até mesmo a questionar a opção pelo direito comercial e empresarial, um direito de brancos. Se Fried fosse advogado, talvez fizesse o mesmo: fugiria do direito criminal, das delegacias, dos roubos, assassinatos, seqüestros. Se afastaria do direito que cuida de pobres, de pretos. Especializar-se em direito comercial não seria uma forma de se embranquecer? Talvez, respondeu muitas vezes para si mesmo. Mas também era uma forma de dizer não a um gueto imaginário, de não se conformar com um suposto seu lugar. "E, porra, eu gosto de direito comercial." Fred não falou de Carolina.

Fred e Beatriz também não falavam, ficavam muito tempo sem trocar palavras. Na primeira vez que dormiram juntos, descobriram que era prazeroso ficar um com o outro.

A cada dia eles falavam menos, um parecia saber o suficiente da história do outro. Pior: sabiam que suas histórias e carreiras tendiam a, dali para a frente, criar obstáculos para a relação. No quarto, era simples: Beatriz e Fred; na rua, nem tanto. Eram inimigos em potencial.

— Você enlouqueceu, Fred?

— Ela é uma gracinha, ninguém diz que é PM. É bonita, educada, inteligente, batalhadora.

— Mas é uma policial militar, porra. Lembra quando você desceu o cacete na PM, naquela palestra organizada pelo Núcleo? Você chegou a dizer que a PM tinha se transformado numa corporação institucionalmente racista.

— Isso já faz tempo, Vladinho. Naquele dia eu tava puto, tinha acabado de acontecer aquela chacina em Magé, tava na cara que os assassinos eram da PM...

— Seu caso prova: destino de preto é ser preso por PM. Você é mais uma vítima da opressão branca... Vou pedir um *habeas corpus* pra você: advogado negro é capturado por oficial PM branca, sei lá, vou fazer denúncia de exploração sexual, de magia branca...

— Babaca, ela nem é tão branquinha assim...

— Se você vier com aquela história de pezinho na África, vai levar uma porrada.

— Vlado, vamos falar de coisa séria, tá? Deixa a minha PM de lado.

Fred sabia que, de certa forma, Vladimir tinha razão ao questioná-lo. Mesmo para ele, não fora simples aceitar o namoro com Beatriz que, além de ser PM e ter quase dez anos a menos, era branca. Não queria dar a impressão que, no fundo, desejava se embranquecer por meio da namorada. Uma namorada que era branca apenas para os padrões brasileiros: "Nos Estados Unidos eu seria neguinha, contaminada pelo sangue de um negro." Uma branca com a biografia recheada de histórias de preto, narrativas tristes, que, de alguma forma, se mantinham atuais. Sua avó paterna, baiana, era negra. Uma negra que se orgulhava de ter "barriga limpa" — de seu ventre saíram apenas filhos mais brancos que ela. Ao ouvir a expressão — "Como é que é, 'barriga limpa'?" — Fred franziu o rosto como se sentisse uma dor profunda. Por mais que compreendesse as peculiaridades do racismo no Brasil, por mais que admitisse as razões de negros adotarem a lógica do embranquecimento — use touca, use henê, alise sua vida —, por mais que soubesse, fora pego de surpresa: "barriga limpa" era explícito demais, absurdo demais. Sua mãe insinuara que ele, futuro advogado, poderia se casar com "moças melhores", de "boas famílias". Certa vez, enquanto tentava domar os próprios cabelos, chegara mesmo a falar na necessidade de "melhorar a raça". Eufemismos que iam na mesma direção: Fred teria estudo, capacidade e dinheiro para se casar com uma mulher mais branca que ele, muito mais branca que sua mãe, teria filhos mais claros, a raça então melhorada, aprimorada. Mas dona Elza nunca chegara àquele ponto, de falar em "barriga limpa". Fred e Beatriz tinham acabado de jantar, conversavam enquanto viam TV. Sem querer, ela quebrara aquela momentânea paz ao citar algo distante, mal conhecera sua avó. Para Fred, a crueldade da expressão despertou memórias, reavivou pensamentos, estabeleceu ligações entre episódios, dores e constrangimentos. Lembrou das histórias de Fried, das suas próprias histórias: a infância, as inquietações de sua mãe, as situações em que se vira discriminado, apontado, suspeito, as versões de que não era descendente de negros, mas de índios — ser neto ou bisneto de índios era considerado menos grave do que ter ascendentes africanos: romantizado pela literatura do século 19, índio, pelo menos, era brasileiro, não fora importado para ser escravo, tinha cabelo escorrido. Os 43 anos de Fred não o protegeram de ser atingido pelo comentário de Beatriz. Era como se todas as antigas dores tivessem sido potencializadas, ressaltadas. Ao contrário do que imaginava, o passado ainda escondia episódios ainda não suficientemente superados. A dor pela perda de Carolina não era solitária, havia outras, dores maiores do que pareciam ser. A expressão — "'barriga limpa', puta que pariu" — cutucava e ressaltava aquelas dores. Ao ser dita por uma negra como a avó de Beatriz, revelava a dureza de um preconceito interiorizado, admitido. A cor da pele era assim uma herança maldita, como uma doença, uma anomalia; algo que envergonhava, que não deveria ser transmitido às gerações seguintes.

Barriga limpa que gerava filhos mais brancos, que ocultava o passado, que bania as histórias, as vidas, a memória. A avó de Beatriz cultivara sua barriga para que ela viesse a ser limpa. Demorara a se casar, só admitia se unir a alguém mais branco que ela, bem mais branco. Negava-se a namorar negros, era preciso ajudar a barriga a tecer filhos com fios cada vez mais brancos. Para o bem deles, para que eles não me culpem, não se envergonhem de mim, para que amem a mãe que têm. Uma mãe preta que tem barriga de branca. Depois, a mesma preocupação ganharia outros contornos, passou a se manifestar no rigor absoluto na escolha dos namorados dos filhos — não quero crioulo nenhum dentro de casa, não trabalhei tanto pra entregar minhas filhas para macaco, Ambrósio, você que não me apareça aqui com uma neguinha, que eu boto os dois pra correr. A avó, contou Beatriz, não foi aos casamentos dos filhos. Alegava doença para disfarçar a vergonha, o medo de ser discriminada em uma festa que, para ela, era feita para brancos. Já cumprira sua função ao embranquecê-los, o melhor que fazia era ficar em casa.

— Acho que ela ia me bater se me visse aqui na sua cama. Tanto esforço e a neta querida acaba dando para um negão... — Beatriz tentou quebrar o silêncio que paralisava Fred.

Ele arriscou um sorriso, virou-se em direção à namorada. Deu um beijo em seus lábios, abaixou o rosto e, em silêncio, aninhou-se entre seus seios. Deixou que as mãos de Beatriz se enroscassem em seus cabelos — suas molinhas, como diria dona Elza. ("Será que ela também queria ter barriga limpa, será que não quis ter mais filhos para não se arriscar a parir outro mulato ou até um mais preto do que eu?, será que ela tinha vergonha de mim, será que ela sonhava com um filho branco, de cabelo liso, de olhos claros?, será que eu mesmo já não quis um filho de olhos azuis? Pra que tanta dor, pra quê, meu Deus, pra quê?") Beatriz sentiu uma leve umidade no peito. Surpreendeu-se ao perceber que Fred chorava.

Ruídos

O som parecia contornar cada fresta, cada fenda. Um ruído que fazia questão de ser ouvido. Driblava obstáculos, mecanismos de isolamento — paredes, portas, janelas. Um eco bêbado, pouco compreensível. Grito que vinha da rua como névoa que, misturada ao calor, envolvia todo o prédio. Palavras amplificadas, que chegavam embaçadas, desfocadas, como aquele vento quente do verão carioca. Um vento que não refresca; sufoca, aumenta a sensação de desconforto. De seu gabinete, a major Ferreira ouvia pouco mais que um sussurro abafado. Não compreendia o que era dito, mas sabia que ali, a menos de 300 metros de sua janela, em um canto da praça, sua corporação estaria sendo classificada de assassina, de algoz do povo, de corrupta. Sabia também que, naquele fim de tarde abafado, a PM seria acusada de ter responsabilidade no atentado à sede do Núcleo. Fred lhe dissera que levaria para a praça fotos da destruição: o computador fora quebrado, fios de telefone tinham sido arrancados; os agressores não pouparam nem mesmo os quadros: Mandela, Che, Zumbi — todos tinham sido arrancados da parede, jogados no chão. A oficial sabia que Fred estaria entre os oradores. Ele não faria nenhuma acusação direta à PM, evitaria generalizar, estabelecer vínculos entre o comando da corporação e os policiais acusados de seqüestrar e matar os três rapazes. Mas diria que a PM tem sido omissa, uma omissão criminosa, que estimula reações como a destruição da sede da entidade.

O advogado faria ressalvas, diria que confiava na existência de policiais comprometidos com a sociedade, mas que estes precisariam agir para não serem soterrados pela banda podre da corporação. Generalizar seria borrifar sobre a farda da namorada um pouco do sangue daqueles jovens. Ele tinha certeza, Beatriz era inocente, sempre fora contra acobertar crimes cometidos por PMs. Que por isso chegara a ter problemas com alguns oficiais que a acusavam de não defender a corporação. Sua nomeação para a chefia da seção de Relações Públicas, pouco depois da promoção a major, tinha sido muito questionada: pelo menos dois coronéis foram ao comandante protestar, absurdo indicá-la para um cargo tão estratégico, uma área tão sensível. Um deles fora comandante de um batalhão em que ela, então uma jovem tenente, tomara partido de uma mulher que estivera no quartel para denunciar dois PMs, por ela acusados de lhe tomarem a bolsa.

A tenente Ferreira insistiu na apuração do caso, não cedeu às pressões do comandante: sabia-se que um dos PMs acusados, um sargento, era sócio informal do coronel em um esquema de arrecadação de dinheiro de comerciantes do bairro. Uma empresa de segurança, a colaboração era recompensada com um aumento da vigilância sobre aquelas lojas, feita por policiais militares em seu horário de serviço. Ao contrário de outros comerciantes da região — vítimas de um surpreendente e inexplicável surto de roubos, um deles chegou a ser seqüestrado por algumas horas —, os que pagavam mensalidades ao esquema sediado no batalhão se viam livres até mesmo de tentativas de assalto. A eficiência da empresa e o poder do comandante não evitaram que o sargento e o soldado acusados fossem vítimas de um Inquérito Policial-Militar. Apesar das pressões, a tenente bateu pé, o caso chegou à corregedoria. O comandante se viu obrigado a substituir seu homem de confiança no esquema, que, apesar do contratempo, continuaria eficiente e lucrativo.

Os protestos dos coronéis junto ao comandante-geral da PM não surtiram efeito, a nomeação para a PM-5 fora mantida. A major Ferreira era a primeira mulher a ocupar o posto no serviço de Relações Públicas, um setor delicado, que envolvia o atendimento ao público e, principalmente, aos jornalistas. Boa parte da oficialidade da corporação preferia enfrentar tiros disparados de fuzis e pistolas a encarar canetas e microfones apontados em sua direção. A nomeação fazia parte de um plano para tentar melhorar a imagem da PM: afinal, era uma mulher que ascendia a um cargo importante na hierarquia de uma organização militar. Uma honra que rendeu elogios para a corporação e, para Beatriz, a capa de uma revista semanal. O comandante-geral autorizara o pedido do fotógrafo, não vira nenhum problema na solicitação — a major posaria no alto do QG da rua Evaristo da Veiga, como se, do telhado, dominasse toda a cidade. Uma demonstração do poder da mulher e da PM, alegaram o fotógrafo e a repórter.

O coronel Eglédio e a major desconheciam o título que acompanharia a foto na capa. "Gata em teto de zinco quente" — as letras, impressas em vermelho e contornadas por uma fina linha branca, pareciam dialogar com as curvas do corpo da major. A sessão de fotos ocorrera num fim de tarde: a major surgia da foto emoldurada por um céu alaranjado, seu rosto era iluminado por uma luz forte e o corpo, delineado por um refletor às suas costas. Colorido pelo sol de fim de tarde, o telhado do QG parecia arder. Não estivesse Ferreira vestida com a farda da PM e se poderia pensar que se tratava de um ensaio de revista masculina.

"Filhos-da-puta!" — reagiram Ferreira e Eglédio na manhã de domingo, em pontos diferentes da cidade, logo depois de receberem a revista. Isto, enquanto descarregavam sua ira nos exemplares da publicação jogados contra uma parede — no caso da major — e na direção da porta da cozinha — opção do coronel. O título e, principalmente, o teor da matéria revoltaram a major. Suas idéias sobre a importância da boa comunicação entre a corporação e a sociedade, suas considerações sobre o trabalho da imprensa, suas teses: tudo tinha sido ignorado. A reportagem praticamente se limitara a elogiar as formas da major e a especular sobre seus relacionamentos amorosos.

Ela bem que tentara escapar de perguntas sobre vida pessoal. Mas a repórter — "Uma gracinha, nem parece aqueles jornalistas agressivos que aparecem lá no QG", comentou com Nilza no dia seguinte à entrevista — fora sedutora, transformara a conversa inicialmente tensa em um bate-papo entre amigas. Beatriz evitou responder sobre sonhos, hábitos e desejos de consumo, namorados: ameaçou interromper a entrevista diante de uma pergunta sobre eventuais fantasias sexuais despertadas pela farda. Mas o pouco que revelou foi suficiente para que lhe fosse traçado o perfil de uma mulher decidida, bonita, "sensual até quando fala em redução dos índices de criminalidade". Uma mulher que não conseguiu esconder um tímido sorriso ao ser perguntada sobre a existência de algum namorado.

A publicação da entrevista quase lhe custou o cargo. Sua irritação fora ainda maior quando Fred lhe revelou que, no fórum, ela passara a ser chamada de "a gostosona do batalhão". A major tratou de dificultar o trâmite de qualquer solicitação da revista, nunca mais atendeu a uma ligação da repórter.

A mulher que, naquela quinta-feira abafada, se sentia atormentada pelos murmúrios que vinham da rua em nada lembrava o vigor da musa da Evaristo da Veiga, como também chegou a ser chamada logo depois da publicação da reportagem. Beatriz se mostrava atordoada, dividida. Fazia quase um ano que dormia e dividia sonhos com um homem que era, na prática, seu antagonista. Isto, apesar de tudo que os unia: carinho, tesão, coincidências em seus objetivos de vida. Mas ambos concordavam, era melhor manter o namoro escondido. O que não fariam os jornais se descobrissem a existência de um caso entre a porta-voz da PM e o advogado que atuava em uma das mais barulhentas organizações de defesa dos direitos humanos da cidade? Um namoro de uma oficial branca com um militante negro? Sua experiência no trato com os jornalistas já lhe permitia imaginar as manchetes: "Romance proibido incendeia a Polícia Militar"; "Julieta da PM namora Romeu do movimento negro"; "A farda da sedução"; ou mesmo — Deus me livre! —, "Preto na branca". A história poderia virar nota em uma dessas colunas — talvez em uma coluna daquela mesma revista que a classificou de gata que passeava em teto quente. Agora haveria um gato, um negro gato, gatos gostam de transar em telhados... As idéias, todas ruins, se associavam descontroladas na cabeça da oficial, insensíveis aos apelos de ordem e eficiência.

O segredo em torno do romance — nem mesmo Vladimir sabia quem era a tal PM com quem o amigo andava saindo — prejudicava a vida do casal. "Como fazer planos se evitamos até sair para jantar juntos?", "Até quando a gente vai viver assim?". As perguntas eram comuns, a ausência de respostas, também. O jeito era continuar com os encontros clandestinos. Combinaram que agiriam como se fossem amantes, limitados que estavam por outros compromissos. Ela era casada com a PM; ele, com o movimento negro. Ambos, cônjuges ciumentos, exigentes, dispostos a sugar cada minuto da vida de seus parceiros. Os gestos e mesmo os desejos de Fred e Beatriz eram vigiados pela sombra desses laços matrimoniais. Eles sabiam que o namoro seria mais simples caso não houvesse aquela sensação de permanente adultério; tinham certeza de que não conseguiriam romper com aqueles compromissos. Falta coragem, mas, desta vez, a culpa é de ambos — admitia Fred para sua ausente Carolina.

Apesar das angústias e das decepções, a carreira na Polícia Militar permitira a Beatriz construir sua vida. Recebia um salário razoável, tinha um emprego fixo — não ficaria rica, mas conquistara a estabilidade que tanto perseguira. Mesmo depois de alguns anos da separação continuava a morar com os pais, pensara em alugar um apartamento, mas temia perder a tranqüilidade de poder deixar o filho com os avós. Desconfiava também que uma mudança de casa pudesse prejudicá-la na corporação. Em tese, todos os integrantes da PM tinham suas vidas monitoradas pela 2ª Seção, a de investigações internas, a P2. A major já colecionara alguns inimigos entre os oficiais, não poderia descartar a possibilidade de estar sendo vigiada. Morar sozinha representaria abrir uma brecha: o machismo ainda presente na corporação poderia encontrar, em sua vida de mulher separada, pretextos para cravar em sua ficha observações desabonadoras, que poderiam comprometer sua ascensão profissional. Viver com os pais funcionava como um escudo, barreira contra eventuais sabotagens corporativas.

Fred também tinha certeza de que não conseguiria deixar a militância no Núcleo. Encarava o trabalho voluntário como um imposto, sua contribuição para ajudar pessoas ao mesmo tempo tão semelhantes e tão diferentes. Negros que, ao contrário dele, não poderiam sacar uma carteira de advogado para exibir em uma blitz, não teriam sequer vocabulário e postura para encarar um policial, para fazer com que este controlasse sua arrogância diante daquele crioulo: se fala bem, se me olha assim, não deve ser bandido. Fred sabia que a simples utilização de palavras corretas, ditas em um tom adequado, imperativo, era capaz de conter a violência implícita em uma abordagem policial. Passara várias vezes por isto: conhecer palavras e direitos, adotar uma postura altiva, tudo isto ajudava a manter um mínimo de respeito em uma situação em que a cor de sua pele o colocava em inferioridade. Insistir no trabalho no Núcleo era uma forma de dar respaldo àqueles que não tinham as mesmas armas que ele. Era um tributo justo, necessário, nem que para isto tivesse que sacrificar um pouco alguns de seus planos. Era também uma maneira de se fortalecer, de se preparar para outros desafios. "Isto não passa de outra desculpa para adiar seus planos, adiar sua vida", diria Carolina.

A major acabara de receber, por rádio, um informe sobre o ato público: o barulho que chegava ao seu gabinete era desproporcional à mobilização, o número de manifestantes não chegava a duzentos. Os militantes de sempre, dois deputados estaduais, um vereador, algumas lideranças comunitárias, as mães dos três rapazes. Havia poucos moradores do morro, o medo de retaliações afastava até mesmo parentes das vítimas. Em seu discurso, Vladimir Corrêa dissera que a mobilização seria mantida até o fim, a comunidade exigiria uma resposta, ninguém teria medo, o povo unido não seria vencido. Olhando para o radiotransmissor, Beatriz registrou que ouvira bem o informe — "Copiado", disse ao sargento que acompanhava o ato — e encerrou a chamada. Assim que desligou o rádio, viu que o tenente Flávio estava na porta de seu gabinete.

— Com licença, major? — Como convém a um oficial da P2, Flávio vestia trajes civis: tênis pretos, camisa larga, de mangas curtas, usada para fora da calça jeans, um artifício para esconder a arma presa ao cinto. A roupa, aliada ao cabelo — mantido mais longo que o de seus colegas de corporação —, compunha o estilo clássico do policial que quer esconder que é policial. Qualquer PM era capaz de reconhecer um P2 a quilômetros de distância.

— Pode entrar, tenente. Alguma novidade?

Flávio trazia um CD com imagens reproduzidas do sistema do Centro de Operações. Tinha acabado de concluir uma análise preliminar da movimentação das quatro viaturas que atuavam naquela região da Tijuca entre a noite de domingo e a madrugada de segunda-feira. O trabalho pouco esclarecia. A primeira viatura, a que não era equipada com o sistema de rastreamento, cumprira, de acordo com os relatórios, um roteiro factível. Os soldados faziam uma ronda e, por volta das 23 horas, na avenida Maracanã, foram acionados para apartar uma briga de casal. Um homem que estava nas proximidades daquele shopping que fica perto da Saenz Peña, bem em frente ao canal, agredia a mulher. Os policiais foram até o local, detiveram o sujeito e, sob os protestos da mulher, o levaram para a delegacia. O delegado não estava no plantão, os funcionários da delegacia disseram que ele tinha saído para jantar, aquela desculpa de sempre, a senhora sabe. Um jantar e tanto, major: os soldados tiveram que ficar por lá até por volta de 1h30 da madrugada, quando retornaram ao quartel.

— Fui até a delegacia, chequei o boletim de ocorrência, as explicações conferem. Acho que podemos descartar esses dois.

— E os outros?

— Pois é, major, aí é que vêm as dúvidas. — Flávio pediu licença para rodar o CD no computador da oficial. Na tela surgiam imagens do traçado de ruas, avenidas e caminhos da Tijuca. Em alguns pontos do mapa, indicações correspondentes a carros da PM: na tela apareciam, em verde, o número da viatura e o horário em que sua presença no local fora detectada — hora, minutos e segundos. O tenente Flávio falava indicando no monitor as imagens que respaldavam seu relato.

— Nenhuma viatura da PM que tenha saído da Tijuca, pelo menos nenhuma equipada com GPS, passou pela Floresta da Tijuca entre as 23 horas de domingo e as 2 horas da madrugada de segunda, quanto a isso, não tenho a menor dúvida. Vamos ver então os roteiros das outras três viaturas suspeitas, as equipadas com GPS e que estavam naquela área da Tijuca mais ou menos na hora em que os rapazes sumiram. Uma, a senhora pode ver aqui, circulou pela Conde de Bonfim, pela Muda, mas não chegou a passar pelo Borel. Duas, uma do Sexto, o batalhão da área, e aquela outra, do Getam, rodaram pela São Miguel, chegaram a parar nas proximidades do morro. São, portanto, as que poderiam estar envolvidas no caso. A viatura do Getam ficou parada por pouco tempo, entre 0h23 e 0h31, como pode ser constatado aqui. Um negócio meio suspeito, os caras ficaram estacionados na Santa Carolina, uma rua pequena, escura, que vai até a Conde de Bonfim. Um soldado da P2 me deu um toque e fui conferir.

Essa parada na Santa Carolina é rotineira: todas as madrugadas uma viatura, não necessariamente do Getam, cumpre o mesmo ritual. Tem todo o jeito de que os caras vão lá para recolher o dinheiro da boca de fumo. Já falei com a minha chefia, vamos armar para cima desses caras. Hoje mesmo vai ter gente nossa por ali, vou montar um abajur na rua. Vai ser um flagrante bonito. Vamos arrastar soldado, traficante. A senhora vai ver só.

— Vocês vão filmar a operação, não vão? Depois, por favor, me passe as imagens, vou falar com o comandante-geral pra ver se ele libera pra TV. Pode ser que seja bom colocar na TV a imagem desses caras tomando grana de traficante. É bom, assusta os outros, cala a boca dos que dizem que a gente protege PM bandido. Se bem que, tenho certeza, ele não vai liberar essas imagens. Vai punir os caras, mas sem escândalo, é o estilo dele... Bem, e a outra viatura, tenente?

— Esta seria a mais suspeita, veja só, major. Parou na São Miguel, nas proximidades de um dos acessos ao morro, ali bem perto da quadra da escola, à 1h38. Ficou parada por quatro minutos. Depois, saiu deste ponto e seguiu adiante. E voltou a parar aqui, já quase no fim da favela, à 1h44. O horário confere com o do desaparecimento dos rapazes. Segundo um relato deixado no disque-denúncia, os três estavam por aqui na hora em que foram colocados num carro da PM.

— Então, não há dúvidas. Fechamos a história. Não entendi por que o senhor disse que o caso era confuso...

— Com licença, major. A situação é um pouco mais complicada. Olhe só esta seqüência. — O tenente voltou a apontar para a tela. — O problema é que os caras não seguiram para o Alto da Boa Vista, para a Floresta da Tijuca. Se tivessem ido para lá, não haveria erro. Mas, não. Eles ficaram parados aqui, neste último ponto, por dois minutos. Logo depois saíram na direção do Alto, mas viraram à esquerda, na Santa Carolina, e viraram de novo à esquerda, na direção da Saenz Peña.

— Vocês ouviram os patrulheiros?

— Ouvimos. Um de cada vez, um depoimento informal, é onde eles se soltam mais. O relato foi o mesmo, nenhuma contradição. Eles disseram que decidiram fazer uma ronda naquela área. Depois que saíram do Borel, eles resolveram passar pela Muda, nas imediações do morro da Formiga, tinham ouvido falar de uma festa ou de um churrasco que estaria sendo promovido por traficantes. Passaram ali por perto e seguiram para a Saenz Peña.

A major esforçava-se para acompanhar o relato e o movimento do dedo do tenente, que, com rapidez, percorria a tela do computador. As imagens mostravam a movimentação da patrulha com precisão de segundos. A tantas horas, minutos e segundos ela estava aqui; tantos segundos depois, um pouco mais adiante. Um sistema aparentemente infalível. Um pouco confusa com o emaranhado de linhas e pontos, Ferreira fiava-se mais no relato do oficial da P2 do que na observação da teia colorida de traços, letras e pontos.

— Os patrulheiros contaram que, na altura da praça, foram acionados para socorrer um homem que acabara de ser baleado na General Roca, nas proximidades do morro do Salgueiro. Eles foram até lá: o homem, que ainda estava vivo, foi colocado no carro e levado para o hospital do Andaraí. Foi feito um relatório detalhado desta operação, a movimentação, isso tá tudo registrado. Fomos ao hospital apurar, tudo confere. Os dados do GPS confirmam todo esse deslocamento, como a senhora pode ver aqui. Eu pedi para recolher mostras de sangue encontradas na viatura, mas acho que não vai ser preciso fazer exame de DNA. Se o sangue fosse dos garotos, eles teriam lavado o carro, não iam dar esse mole. Ah, parece que o exame de balística vai dar negativo. Eles entregaram as armas, as oficiais e as pistolas. Aparentemente, nada confere com os projéteis encontrados nos corpos.

— Então, por enquanto, não temos nada — disse Ferreira, desviando o olhar do monitor.

— Positivo, major. Infelizmente, estamos na estaca zero. Mas vou continuar na apuração. — Em seguida, o tenente pediu licença para fechar o programa e recolher o CD.

— Ah, por favor, tenente. O senhor pode deixar este CD comigo? O senhor deve ter como fazer uma cópia, não? — Apesar de as práticas militares permitirem que um superior trate seu subordinado por "você", Ferreira evitava utilizar esta convenção. Isto, para evitar criar qualquer ilusão de intimidade que pudesse ser associada a alguma relação extra-oficial. Mulher, bonita, divorciada — a soma de suas qualificações produzia um resultado perigoso em um ambiente sempre atento a eventuais deslizes. Não daria mais munição para seus adversários, bastava a história da revista. Além do mais, cumpria uma espécie de juramento particular: namorar PM, nunca mais.

— Claro, major — respondeu o tenente, ao estender o CD para ela.

O diálogo foi interrompido pelo capitão Pinheiro, o assessor da oficial. Três jornalistas que tinham acabado de sair da manifestação da Cinelândia estavam do lado de fora do gabinete. Queriam ouvir a PM sobre o protesto, sobre as investigações.

— Manda esperar um pouco, vou ao segundo andar falar com o coronel Eglédio. Ver o que ele quer que eu diga para esses chatos.

Beatriz só saiu do quartel-general depois das 22 horas. A reunião com o comandante-geral acabou sendo mais longa que o previsto, ainda teve que atender jornalistas, adiantar alguns procedimentos para o dia seguinte. Nem tentou falar com Fred — em dias assim, era melhor ficarem longe um do outro. Ele certamente iria querer falar da manifestação; ela não poderia fazer qualquer comentário sobre as investigações. Melhor seria manter uma certa distância, pelo menos por um dia. Seria mais produtivo para ambos dedicar os pensamentos da noite de quinta-feira para os cônjuges titulares: a PM e o movimento negro.

A major saiu de seu gabinete no terceiro andar e foi para a parte externa do pavimento. Acendeu um cigarro e começou a observar pontos específicos do QG. Como se estivesse com uma câmera acoplada aos olhos, Ferreira focava portas, o refeitório, a torre da capela que fica no lado oposto ao da entrada principal. Fazia também movimentos mais longos, da esquerda para a direita; *travellings* que percorriam a extensão do prédio, quase todo às escuras. Era como se, com sua câmera, tentasse enxergar melhor o que se escondia por trás de cada parede e de cada janela; mais, buscava encontrar e definir o papel que exercia naquele palco. Um cenário grandioso, que seguia um padrão utilizado em muitas construções militares: um conjunto formado por blocos de três andares dispostos em forma de um retângulo que delimitava o pátio interno; este, utilizado em cerimônias especiais e, no dia-a-dia, como estacionamento. Pintados de azul e branco, os blocos são ligados por corredores externos que formam jiraus, varandas de onde se pode observar toda aquela área. Apoiada em um guarda-corpo de ferro, Ferreira observava a movimentação, àquela hora, bem reduzida. Uns poucos soldados cruzavam o pátio, alguns oficiais pegavam seus carros, de vez em quando uma patrulha entrava com o giroscópio ligado. A noite amenizara apenas parcialmente o calor, o céu estava claro, sem nuvens. Um pedaço da lua se insinuava por trás do prédio da Petrobras, ali, à sua direita. O quase-silêncio permitia que ela ouvisse os sons que chegavam da Lapa, à esquerda. Àquela hora o movimento por ali deveria ser grande — jovens, velhos, garotada da zona sul, mocinhos suburbanos, putas, travestis. Um bom lugar para depois de um dia como aquele. Ouviria um samba, tomaria uma cerveja, comeria umas besteiras e falaria outras tantas. Talvez Nilza estivesse por ali, quem sabe? Vontade de jogar conversa fora, de sair com amigas e trocar olhares com um ou outro homem; ou mesmo, vontade de sair com o *seu* homem. Tudo tão simples, tão inviável. Durante o namoro e o noivado com Siqueira chegara a freqüentar algumas casas de samba e quadras de escolas. Depois, como costumava dizer, se transformara na Lily Braun da música de Chico e Edu Lobo: nunca mais romance, nunca mais cinema, nunca mais bailes no Bola Preta. Era meio ridículo, admitia, mas sentia saudades até das colunas revestidas de pedaços de espelhos que sustentavam o salão do clube, ali na Cinelândia, pertinho do QG.

O divórcio pouco atenuara sua reclusão: em pouco tempo, graças ao cargo na PM-5, se tornara uma pessoa pública, presença constante nas TVs, quase-dona de uma cadeira no estúdio do principal telejornal vespertino. Não seria bom ser vista em bares como aqueles; nem bom, nem seguro, poderia ser reconhecida por bandidos. O namoro cheio de restrições contribuía para limitar ainda mais seus movimentos. A frustração por se sentir impedida de sair abertamente à noite a fez pensar, mais uma vez naquele dia, sobre sua história com Fred. Como se, para namorar, precisassem se esconder naqueles pontos cegos do quartel, aqueles cantos escuros que via lá de cima — ao optarem pelo segredo, arriscavam-se a ser descobertos, haviam criado um pique-esconde em que a eles cabia apenas o papel de risco, o de serem encontrados e desmascarados. Não poderiam ganhar a brincadeira; não perder já seria o suficiente. Evitavam conversar muito sobre isto, mas ambos concordavam que aquela era, provisoriamente, a solução possível. Seria melhor que o namoro — a relação, o caso, o rolo (as palavras fugiam na hora de se definir aquela história) — permanecesse em sigilo. Não que estivessem impedidos, ele era solteiro; ela, divorciada. Eram, portanto, livres, podiam namorar, sair, trepar. Mas eles concordavam: assumir o namoro — a relação, o caso, o rolo — traria problemas para os dois. Fred seria questionado em seu meio, ele lhe contara da reação de Vladimir; ela enfrentaria algum tipo de pressão na PM.

Acossada por problemas criados muitas vezes por integrantes de suas próprias fileiras, a PM não tinha lá muita disposição para vigiar a vida sexual de seus oficiais. Mas, Beatriz sabia, ser mulher a tornava um alvo mais fácil. A P2 adoraria descobrir que a relações-públicas da corporação tinha um sei-lá-o-quê com um líder de uma entidade que vivia a desancar com a PM. Ao ligar para seu gabinete, Fred era Cavalcanti; o nome herdado de sua mãe tinha, enfim, uma utilidade. Mesmo assim, mantinham conversas curtas, cheias de códigos. Havia cuidados até nas ligações pelo celular. Para driblar o eventual e provável controle de seus e-mails, evitavam trocar mensagens por computador, ainda que Fred tivesse registrado um atrcavalcanti@ em um desses servidores gratuitos — atr de Arthur, primeiro nome de Friedenreich. Mas atrcavalcanti pouco teclava para beatriz.ferreira.

A gata não sorria em público — ria muito no quarto, com Fred. Ria quando trepavam, riram juntos quando ela o algemou na cama. “A capitão-do-mato enfim prendeu o negão no pelourinho!”, gritou então Fred. Também gargalharam quando ela deu seu veredicto sobre a qualidade do risoto de camarão feito por ele: pior que o rancho do Batalhão da Maré. Mas a major Ferreira não se via sorrindo em público, nem deveria ser vista bebendo cerveja ali, a poucos metros do QG. Seus sonhos eram modestos: sair, passear, namorar na rua, tomar chope na calçada. Pequenos desejos pouco realizados. Antes, por falta de dinheiro, por necessidade de se concentrar nos estudos, pela rigidez da escola de formação de oficiais, pelo namoro-noivado-casamento em regime de quase ordem unida. Agora, pelas limitações que haviam estabelecido.

Ela era ainda jovem — 34 anos —, o dinheiro dava para o gasto. Tinha até um — “vá lá, tá bom, Bia” — namorado. Mas não podia desfrutar deste namoro — “namoro, namoro, vamos assumir esta merda, Fred” — do jeito que gostaria. A major Ferreira iria voltar sozinha para a casa dos pais, no Méier, em um carro oficial de vidros escurecidos, ouvindo aquele mesmo CD do Nei Lopes — “... saudade/ Sensação de, na verdade, não ter sido nem metade/ Daquilo que você sonhou”. E Fred, onde estaria àquela hora? Talvez, certamente, em algum bar, cercado de outros militantes, comemorando o sucesso da manifestação, falando mal da PM. A oficial percorreu todo o jirau do terceiro andar até a entrada que dá acesso ao elevador. Já no térreo, olhou para o busto de Tiradentes, sentiu que o aperto do sisal em sua garganta era diferente, uma angústia relacionada mais com as limitações de sua vida do que com os problemas da corporação. “Você me paga”, murmurou, com um sorriso, para a escultura.

Conversas com o nada

Da Cinelândia, Vladimir e Fred seguiram para um bar na praia do Flamengo. O advogado propôs que não voltassem ao Núcleo, o dia fora complicado o bastante. Se aparecessem por lá acabariam arrumando mais problemas para resolver. A perícia já havia sido feita, muitos repórteres apareceram no local, o próprio chefe da Polícia Civil estivera lá para prestar solidariedade. O importante agora seria manter a pressão sobre a Secretaria de Segurança, não deixar o caso cair no esquecimento. Que Scheyla o perdoasse, mas, admitia: por um aspecto, o atentado até foi favorável, manteria o assassinato dos jovens no noticiário.

Vladimir aceitou a proposta de Fred, com a ressalva de que caberia ao amigo advogado pagar a conta:

— Não tenho dinheiro para boteco de rico.

Gustavo, um gaúcho que chegara a vender refrigerante em lata em sinais de trânsito logo que chegou ao Rio, era o responsável pelo controle da ocupação das mesas, uma função estratégica: havia sempre muita gente para os poucos lugares disponíveis naquele salão de paredes forradas por granito preto e tinta verde-clara-berrante. Boa parte dos clientes preferia ficar do lado de fora, os copos ficavam apoiados em barris de aço. Cliente antigo, Fred não precisou esperar muito por uma mesa e pelo chope trazido por Carlos, um garçom que, para se manter próximo ao local de trabalho, alugara um conjugado no prédio em que ficava o bar. O advogado pediu pastéis de camarão, só de camarão, sem catupiry: se deslumbrava com a visão dos camarões espremidos por aquela fina camada de massa de farinha de trigo, "parece uma suruba de crustáceos".

Ainda mastigava quando o celular tocou. Era Carla, que ligava do escritório para dizer que acabara de ver na TV a reportagem sobre a manifestação. Fred demonstrava animação ao desligar o telefone.

— Parece que os caras foram generosos. Abriram a matéria com o atentado, mostraram a destruição da sala, colocaram uma entrevista do chefe da Polícia. A cobertura da manifestação veio em seguida, deram umas imagens fechadas da praça, ficou parecendo até que tinha mais gente. E ainda entrou uma declaração da mãe do Paulinho Bronha — comentou, antes de aceitar mais uma caldereta, esta trazida por Rondinelli, um garçom que, como gostava de frisar, era mais rápido e eficiente que o antigo zagueiro rubro-negro, uma qualidade essencial para trabalhar naquele bar: Antônio, o dono, determinava que o chope tinha que ser reposto antes de ser pedido. Uma fórmula para aumentar seus lucros, a satisfação e o teor alcoólico dos clientes. Ordem, rapidez e eficiência — por alguns instantes, Fred achou que Beatriz seria uma boa gerente para aquele bar.

— Os repórteres ouviram a PM? — perguntou um animado Vladimir.

— Ouviram. Deram uma entrevista com a porta-voz. Parece que ela não falou nenhuma novidade, as investigações continuavam, a PM era solidária com a dor das mães, o de sempre. Ela também disse que a corporação estava indignada com o atentado e que eventuais ligações do caso com os assassinatos dos garotos seriam investigadas.

— Eventuais ligações... — ironizou Vladimir. — Esses caras são muito engraçados. Tá na cara que foram eles que quebraram nossa sede.

— O cuidado é compreensível, Vlado. Eles têm que apurar primeiro. Não dá para acusar assim, generalizar... A gente já brigou com muito sacana, qualquer um deles pode ter decidido se vingar.

Vladimir reagiu com ironia:

— Falou o advogado, defensor da lei e da ordem constituída. Desta ordem justa que vigora no Brasil varonil — em seguida, Vladimir baixou a voz e comentou em um quase sussurro: — Ou será que falou o novo amigo de fé, irmão camarada, da PM, o homem que arrasa os corações escondidos sob a farda azul? O homem que faz a polícia baixar a guarda, que enfia o cassetete na briosa corporação...

Fred tentou, mas não conseguiu rir da provocação. Pensou em Beatriz, nas dificuldades que ela estaria enfrentando, na pressão de outros oficiais. Ficou com vontade de estar perto dela, de poder apoiá-la, de subir em um palanque, como acabara de fazer na Cinelândia. Só que, desta vez, para defender a namorada, para dizer que nem todo PM era filho-da-puta, ladrão ou assassino. Um comício dirigido para seus pares, para aqueles cuja história desaconselha qualquer aproximação com a PM. Um ato apenas para afirmar que a major Ferreira era honesta, correta, justa, tão digna quanto cada um de nós. Um gesto público de carinho.

— Deixa de babaquice, Vlado.

— Tá bom, tá bom, não precisa ficar puto. Mas, Fred, essa sua, digamos, fonte na PM: será que ela não sabe de nada do caso dos garotos? Ela deve ser oficial, duvido que, besta do jeito que você é, você estaria andando com uma soldado. Ela deve ser de capitão para cima...

— Porra, Vlado — Fred tentava encerrar o assunto.

— Tô falando sério, cara. Será que ela não tem nenhuma dica, nenhuma história? Sabe o Pedro, aquele repórter? Pois é, ele me liga todos os dias pra saber novidades. O cara é gente boa, parceiro, já nos quebrou muitos galhos, sempre divulgou nossas manifestações. Ele disse que tá tentando manter o caso dos garotos nas páginas, mas não tá fácil. Não tem novidade nenhuma. Se não fosse a invasão do Núcleo, essa história já teria sumido dos jornais. Hoje já é quinta-feira... Dá um toque nela, Vlado. Pergunta se ela não sabe de alguma coisa, se não tem nenhuma notícia para passar pra gente. Ela passa pra você, eu mando para o Pedro e ele coloca no jornal. Ninguém vai ficar sabendo que ela foi a fonte da história.

— Cara, você não desiste, né? Já falei, não quero misturar os canais, tenho que manter a... — Fred parou ao perceber que por pouco não pronunciava o nome de Beatriz — ... a minha amiga longe disso. Se ela se envolver nesse rolo, vai ser ruim pra todo mundo. Não devia ter contado essa história... Merda, achei que você ia ficar quieto.

Foi a vez de Vladimir ficar constrangido, chegou a murmurar um que-que-é-isso, um foi mal, um esquece-isso-irmão. Ao notar o embaraço do amigo, Fred continuou.

— Vou ver o que dá para fazer, mas não tenho a menor expectativa. De qualquer forma, vamos manter aquele combinado. O importante é você não perder o contato com o pessoal do Borel. Não é possível que não tenha uma outra testemunha, alguém deve ter anotado o número do carro da PM.

— O foda é o medo. Neguinho fica preocupado com esse negócio de denunciar policial. Mas eu tô insistindo.

— E aqueles outros contatos nossos? Nada?

— Pra você ter uma idéia. Quando fui lá falar na rádio do morro eu dei um toque nos caras, pra espalhar a história pelas outras rádios, as rádios comunitárias. Pra que eles pedissem para as testemunhas aparecerem. O esquema das rádios é bem interessante, os caras têm ramificações em várias favelas, uma molecada esperta, interessada, são nossos correspondentes de guerra... O que atrapalha é a porra da rivalidade, a história de comando, facção, o cacete. E olha que, não faz muito tempo, Borel e Formiga eram aliados. Mas hoje, o pessoal da Formiga, os caras lá do *movimento*, não quer nem saber quem matou os garotos, quer mais é comemorar, sacanear os rivais. Daqui a um mês vai ser o contrário, a PM vai esculachar uns caras da Formiga e os rivais do Borel vão comemorar, soltar fogos, dar tiro pro alto. Um bando de pobre se matando, poupando trabalho da polícia.

— E a gente fica no meio, tentando colocar um mínimo de sensatez nessa história, levando porrada de todos os lados, apanhando mais que a Scheyla.

— Vai ver que os malucos somos nós, Fred. Às vezes acho que a gente é que tá errando. Os caras tão lá se divertindo, fazendo pose de arma na mão, na maior marra. E a gente fica aqui, batendo palma pra maluco dançar... Querendo que PM aja dentro da lei, que traficante de morro desenvolva consciência de classe. Eu, hein!

Fred fez uma pausa, tomou mais um pouco do chope. Notou que Vladimir olhava para um bêbado, um homem que deveria ter entre 50 e 55 anos, que, de pé ao lado do balcão, falava sozinho, como se discutisse com a mulher. Gesticulava, argumentava, fingia ouvir — os sucessivos copos de chope o ajudavam a sustentar aquele animado diálogo com o vazio. Praticamente todos os dias ele ia até o bar. Chegava no início da noite, bem-composto, de paletó e gravata. Aos poucos se livrava do paletó, afrouxava a gravata. E retomava a discussão interrompida na véspera, sempre longa e acalorada. Uma conversa bem encenada, com frases de efeito, exclamações, pausas dramáticas. Um diálogo inusitado, em que não havia a voz do interlocutor: era como se um ator faltasse a uma sessão da peça e seu colega decidisse manter a apresentação, dizendo apenas as suas próprias falas. Os clientes mais novos se espantavam, os antigos nem se davam ao trabalho de observá-lo. De tão rotineira, a performance fora incorporada ao cenário do bar.

— Olha lá — disse Vladimir, enquanto usava o chope para apontar para o polemista solitário —, parece a gente, adora discutir com o nada. Fala, fala, fala. Ninguém ouve, mas ele não tá nem aí. Tá convicto, seguro, cheio de certezas, de argumentos. Fodão da oratória, rei dos tribunais. Repara só naquelas paradinhas que ele faz, esperando a resposta da patroa que, claro, se cala diante do brilhantismo do marido... Daqui a pouco ele vai pagar a conta, vestir o paletó e voltar para casa. Vai levar um puta de um esporro da mulher, mas não vai ouvir nada. Vai dormir satisfeito, achando que ele é quem deu a bronca. Olha lá como ele xinga, reclama, esperneia, igualzinho ao que a gente faz. Presta atenção nas mãos dele, parece você quando está num palanque, só falta o microfone. Mas ele, pelo menos, tem a vantagem de fazer isso tudo quando está bêbado.

O advogado bebeu mais um pouco, sorriu para Vladimir e não fez qualquer comentário sobre a observação do amigo. Alguns segundos depois, propôs:

— Você come um risoto comigo?

Ficaram menos de duas horas no bar. Fred, ansioso, queria ligar para Beatriz. Não comentaria a idéia, a proposta de Vladimir de incluí-la na apuração. Para ele, a relação — tão delicada, tão sujeita a abalos — não teria a menor chance de prosseguir caso um se imiscuísse no trabalho e, pior, nos segredos do outro. Havia um acordo não-falado, não-escrito. Nenhum dos dois jamais comentaria com o outro detalhes que pudessem comprometer sigilos profissionais. Saber de algo indevido ajudaria a alimentar desconfianças. Não poderiam dar chances para um "será que foi ele — ou ela — que contou?". Já tinham problemas demais.

Vladimir também queria sair cedo: passaria parte da madrugada examinando o disco rígido do computador do Núcleo, que tinha sido quebrado pelos invasores. Era importante checar o que poderia ser recuperado. Boa parte das informações já tinha sido copiada, transferida para disquetes e CDs que Vlado guardava em casa, mas a atualização nem sempre era feita com a regularidade necessária. O Núcleo organizara um banco de dados sobre casos que envolviam agressões a moradores de áreas pobres da cidade, em particular, das favelas. Cabia a Fred e a um grupo de outros voluntários — advogados ou, em sua maioria, estudantes de direito — acompanhar os inquéritos e processos, não deixar que os casos fossem esquecidos.

Eles mantinham também um inventário de casos de preconceito. Uma idéia de Fred: pedir a cada pessoa que os procurava um relato sobre agressões menos evidentes e quase tão doloridas. Casos de candidatos a emprego que eram preteridos ao revelar que moravam em favelas, de funcionários de lojas que eram obrigados a ficar nus quando eram revistados na saída do trabalho, de empregadas domésticas xingadas por patrões ou por seus filhos. Um rol de insultos e ofensas — "Um muro de humilhações", definia Fred. Nesta construção, os tijolos cozidos com histórias de racismo eram majoritários. O advogado já contribuíra para aumentar o tamanho do muro — casos como o do estacionamento do restaurante, as vezes em que fora confundido com entregadores, muitas de suas dificuldades com porteiros. Estes então mereceriam um capítulo à parte em toda esta história. Fred não sabia bem o que iria fazer com todos aqueles casos. Mas achava importante arquivá-los. Um dia seriam úteis.

Vlado ligou ainda cedo para Fred. Os arquivos do computador estavam salvos, nada havia sido perdido.

Tijolos

Quando eu era pequena, bem pequena mesmo, devia ter, sei lá, uns sete, oito anos, eu disse pra minha mãe que eu não queria dançar quadrilha, que eu achava que aquele negócio de festa junina era chato pra caramba, que eu não queria mesmo. Aí a minha mãe dizia, deixa de besteira, menina, você dançou tão bem no ano passado, se divertiu, eu fiquei tão feliz, as vizinhas vieram falar comigo, que você era a que dançava melhor. Insistiu tanto que eu tinha que ensaiar, que eu ia, ia com muita raiva, mais eu ia. Mas aí, bem no dia da dança lá, da apresentação, eu não fui. Não, não dancei não. Inventei uma dor de barriga, é, acho que foi uma dor de barriga. E não fui. Disse que minha barriga tava doendo pra caramba, falei tanto que começou a doer mesmo, tive até um piriri. Mas eu não tive foi coragem de dizer pra minha mãe, que eu não fui não é porque eu não gostava de quadrilha, não. Eu até que gostava, gostava muito, era legal fazer aqueles passos, aquelas coisas de passar por baixo, de rodar. Mas eu não fui é porque eles só me botavam pra dançar com outros escurinhos, pra fazer par, né, o senhor sabe como é. Não é que eu não gostava deles, eu gostava. Tinha um, o Nelson, que dançava bem pra caramba. Mas é que eu só podia dançar com eles, os escurinhos, os pretinhos, né? Os mais branquinhos assim eram tudo colocados para dançar com as branquinhas, com as lourinhas. E a gente ainda ficava lá no fim da fila, lá atrás. Na frente ficavam as lourinhas, as bem branquinhas. Eu ficava chateada, triste mesmo. Até porque eu gostava de um menino clarinho, queria dançar com ele, mas ele acabava com uma branquela lá. Aí eu ficava triste, não quis mais saber de dançar quadrilha.

Eu mesma nunca sofri não. Quer dizer, tem sempre essas coisas que a gente vê, que a gente nota, que ninguém é cego, né? Tem sempre um porteiro que quer barrar a gente, um pessoal que olha atravessado, que pensa que a gente é ladrão. Mas olha, se eu fosse ligar pra isso, nem saía de casa. Ficava por lá mesmo, nem saía de Caxias, nem vinha pra cá. Mas eu nem ligo, eu vou pra cima dos caras, pergunto logo o que é que é, o que que tá me olhando, se eu tô pintada de vermelho, por que que não pára de olhar. Ah, eu sempre fui meio desaforada, comigo é assim. Mas, sabe, minha irmã é diferente, ela sempre foi mais retraída. Nas brincadeiras mesmo, ela ficava mais quieta, quando o pessoal ofendia, chamava de macaca, aquelas coisas, né?, ela chorava, eu falava pra ela, deixa de ser boba, manda esses filhos-da-puta se catar. Mas ela ficava sempre assim, chateada, triste, triste. Logo ela, grandona, bonitona, uma morenaça. Se eu tivesse aquele corpo, sei não... Mas aí teve aquele negócio que eu falei pra senhora. Foi no ano passado, ela tava toda prosa, tinha recebido um prêmio lá na escola dela. Eu falei que ela é professora, né? Ela sempre foi muito estudiosa, sempre disse que ia ser professora, e conseguiu, meus pais fizeram a maior festa na formatura dela. Aí ela recebeu o tal prêmio, um negócio muito chique. Ela tinha que ir para Brasília, de avião, logo ela, que morre de medo disso, nunca tinha andado de avião. E ela ia para um hotel, um lugar todo bacana, um nome todo complicado. Ela tava até com medo de ir, com medo de passar vergonha. Aí eu falei pra ela, deixa de ser mané, de ser babaca. Vai lá e manda ver, na moral. Aí ela foi, gastou um dinheirão pra mandar fazer um vestido longo, todo bonito, vermelho, assim, brilhante, uma coisa linda, precisava ver. Pra resumir: ela se arrumou toda, saiu do hotel, foi pra festa, comeu, dançou, conversou. Tinha ministro, deputado, maior sucesso, ela botou pra quebrar. Quando ela voltou pro hotel já tinha trocado o moço da portaria, o que tava lá na hora que ela chegou de tarde não tava mais. Aí ela, toda elegante, toda bonita, falou o número do quarto dela, o 704, eu me lembro até do número, 704. E ficou esperando a chave, não era muito acostumada com esse negócio de hotel de luxo, achou que era normal demorar um pouco. Aí o moço da portaria, ao invés de entregar a chave pra ela, pegou o telefone e ligou para um número lá. Ligou uma vez, ligou duas. E ela lá, esperando, já tava meio tonta, tinha enchido a cara de champanhe na festa. Aí o cara, o filho-da-puta de um paraíba, se virou para ela e disse assim, ó, o senhor do 704 não tá atendendo, você tem certeza que a chamada foi do 704? Ela ficou assim meio bobona, mas depois entendeu. O cara da portaria tava achando que ela era puta. Um mulatão daqueles, bonita, bem-arrumada, maquiada... Ah, só podia ser puta. Ela disse que ficou tão passada que nem reclamou. Pegou a chave do quarto, subiu, e chorou a noite inteira. A noite inteirinha chorando. A senhora sabe que ela acabou dando o vestido? Nunca mais teve coragem de usar.

Se já sofri racismo? Brincadeira, tá pra nascer o negro que nunca sofreu. É história atrás de história. Você acredita que até lá no sindicato já aconteceu isto? No sindicato, rapaz. Foi há uns dois ou três anos, a gente tava se articulando para montar uma chapa, uma chapa de oposição. O presidente era um safado, corrupto, que não largava aquele osso de jeito nenhum. E aí a gente se juntou, né? E eu era um dos mais animados, a bem dizer, o mais agitado, adorava uma confusão. Eu sempre fui assim, não posso ver um negócio errado, que eu tento logo consertar. Comigo é assim. Aí as reuniões tavam indo muito bem, patati, patatá, conversa aqui, conversa dali, a gente fez um churrasco lá em casa, articulou tudo bonitinho. Aí chegou a hora de fechar a chapa. O natural é que eu fosse o candidato, eu é que tratei de tudo, que botei aqueles cornos pra trabalhar, que convenci todo mundo a entrar na luta. Mas na hora H surgiu uma história de colocar o Eduardo pra presidente. O Eduardo, um sujeito que quase ninguém conhecia, um moleque, deve ter uns 30 anos, entende nada de porra nenhuma. Aí eu fui perguntar, né, por que que eles tavam forçando a barra pra colocar o Eduardo. Aí neguinho veio com aquele papo de cerca-lourenço, que sabe como é que é, aquela enrolação, aquele papo furado, aquele caô. Aí eu fiquei mais puto, a gente já tinha bebido umas cervejas, eu já tava meio alto. E mandei, né? Que porra é essa, caralho! Será que não tem homem aqui pra explicar esse negócio de me tirar da presidência? Aí foi que o Luiz, um magricela, um cara que não tinha onde cair morto, eu é que arrumei um emprego pra ele, ele então veio e disse que era melhor deixar o Eduardo mesmo, que a gente tava precisando melhorar a imagem da categoria, que era preciso ter um cara assim mais educado, mais novo, um cara mais posudo, mais pintoso, presidente do sindicato dá muita entrevista, aparece na TV. Eu até ia chamar aqueles caras de viado, onde é que já se viu sindicato virar concurso de beleza?, mas foi aí que me toquei: o tal do Eduardo é branquinho, branquinho, parece cera. Eles não queriam era colocar um negão no sindicato. Diz que é pra melhorar a imagem?

E desde quando preto suja imagem, queima o filme? Fiquei muito puto, botei todo mundo pra correr da minha casa.

Esse negócio mesmo de ser bailarina começou por causa disso. Quando eu era pequena, eu gostava muito de sambar. Também pudera, nascida e criada do lado da Mocidade, assim, do lado, na mesma rua. Eu ia a pé pra quadra. Mas, sei lá, depois que eu fui crescendo, comecei a estudar, comecei a achar esquisito aquele negócio de mulata na televisão, de mulata que só sabe sambar, de mulata gostosa, de mulata rebolando pra vender sardinha. De vez em quando apareciam umas imagens desses shows de samba, esses shows pra turista. E eu só via mulata jogando a bunda na cara do turista, os gringos passando a mão nelas. Eu era pequena, devia ter uns 12 pra 13 anos, por aí. E via aquilo, e começava a achar meio esquisito. Eu tava estudando, eu queria me formar, ter uma vida legal, construir um futuro. Sei lá, é meio curioso falar isso, mas, sabe, eu acho que eu desisti de ser mulata. Claro, eu sou mulata, sou negra, não dá pra negar, nem quero negar, não tenho nenhum problema em ser negra, me acho bonita, tenho certeza que sou bonita, me orgulho da minha cor. O problema é que ser mulata era ser uma daquelas mulatas. Tudo bem, elas tavam lá dançando, ganhando a vida, nada contra. Mas eu não queria aquilo pra mim, talvez fosse até um certo preconceito meu, sei lá. Só sei que eu comecei a ficar sem vontade de ir pro samba. Fui abandonando, deixando de ir. Depois, lá na faculdade, foi até pior. Aí mesmo que eu não sambava. E olha que eu já era bailarina, já dançava. Fiz, fiz balé clássico, fiz um pouco de jazz. Mas samba, nada. Não era nem que eu fingisse, eu não sabia mesmo, eu tinha desaprendido a sambar, você acredita? Só agora, há um ano, dois, no máximo, é que voltei a sambar. Foi quando eu tava namorando o Marcos, aquele cara que estudava engenharia. Um dia a gente veio aqui mesmo, na Lapa, uma casa de samba, um lugar muito legal, na Gomes Freire. Eu bebi um pouquinho mais, eu tava toda apaixonada. E o samba lá, correndo solto, e eu sentada. Uma hora o Marcos insistiu, disse que era absurdo uma bailarina não querer dançar. Acho que só fui porque ele falou bailarina, se falasse que era absurdo uma mulata não sambar, eu não ia. Aí eu me levantei e arrasei, nem sabia que ainda sabia sambar. Foi bom, adorei.

Tiros

— Maré Uno Meia? Supervisor de Maré Zero? PPC de Coroado, na Fazenda Botafogo chamando. Sierra-Golf-Tango Ernâni chamando.

— Maré Zero na escuta, prossiga, comandante.

— Precisamos de reforço aqui na cabina, a gente tá sendo cercado, os caras tão armando um bote pra cima da gente. Já mandaram três tiros na gente, três disparos de arma de fogo, copiado?

— Copiado, comandante, prossiga.

— Estou só com um Sierra-Delta, um soldado aqui. Os caras passaram num bonde, três autos, estão bem armados, armados com fuzis! Pelo jeito, estão dando a volta na praça, é capaz deles voltarem. Repetindo, precisamos de reforço, estou apenas com um soldado aqui. Não dá nem pra tentar sair. Repetindo, precisamos de reforço!

— Atenção viaturas que se encontram na Brasil e na Automóvel Clube, na altura de Acari, proceder até o PPC de Coroado, na Fazenda Botafogo, copiado? Viaturas que estão na Brasil e na Automóvel Clube, proceder com prioridade para o PPC de Coroado, na Fazenda Botafogo, em Acari. O PPC tá sendo atacado por marginais fortemente armados. Importante agir com cautela, copiado?

— (...)

— Supervisor de Maré Zero, atenção, eles voltaram! Tão mandando muita bala, é muito tiro, porra!

— Comandante, responda, por favor. Aqui é Maré Zero, você tá copiando?

— (...)

— Comandante, sargento, aqui é Maré Zero, na escuta?

— Não dá pra ficar na escuta, é muito tiro! Caralho, cadê o reforço? Os caras tão em quatro carros, tão mandando tiro de fuzil! É muito tiro, eu tô abaixado aqui na cabina, tô tentando segurar o fogo, eu e o soldado. Mas é muita bala!

— Atenção, patrulhas e patamos que se encontram na Brasil e na Automóvel Clube, procedam com urgência para o PPC de Coroado, na Fazenda Botafogo, em Acari, dois cabineiros estão sendo atacados por marginais fortemente armados. É prioridade! Companheiros do PPC de Coroado estão sendo atacados por marginais, viaturas devem proceder imediatamente para o local.

— Não tamos conseguindo segurar, eles são muitos, a cabina tá cheia de bala, comandante... Porra! Acertaram meu soldado, ele levou um tiro, caralho, tomou um tiro no ombro! Filhos-da-puta, filhos-da-puta!

— Comandante, comandante: na escuta?

— Tá foda, Maré Zero, tá foda. O soldado tá ferido, Sierra-Delta tá ferido, é muita bala. A gente vai morrer aqui, cadê a porra do reforço?

— Comandante, comandante!

— Caralho, me acertaram.

— Comandante, comandante!

— (...)

— Atenção, Maré Zero. Uno-Nove-Cinco-Cinco, Maré Uno Meia chama supervisão de Maré Zero.

— Maré Zero na escuta, pode falar, comandante.

— Os dois patrulheiros estão gravemente feridos aqui no PPC Coroado, estamos procedendo com os dois para o hospital de Bonsucesso, copiado? Os bandidos já se evadiram do local, copiado? Os dois estão perdendo muito sangue, é preciso que patrulheiros se dirijam para o hospital para doar sangue para os cabineiros, copiado?

— Copiado, comandante. Atenção viaturas que estão na região de Acari, na Brasil, atenção patrulheiros, procedam para o hospital de Bonsucesso, dois patrulheiros estão feridos, precisando de sangue, copiado? É prioridade! Viaturas que estão na avenida Brasil, em Bonsucesso, Manguinhos e Penha, dirijam-se para o hospital de Bonsucesso, é preciso doar sangue para dois PMs feridos, copiado?

— (...)

— Uno-Nove-Cinco-Cinco chama Maré Zero. Na escuta?

— Na escuta, pode falar, comandante.

— Um dos PMs, o sargento, acaba de falecer aqui na viatura, a Uno-Nove-Cinco-Cinco. Não deu tempo de chegar ao hospital. Sierra-Golf-Tango Ernâni faleceu na viatura. Sierra-Delta Osvaldo sendo levado para o hospital, copiado?

Ferreira ouviu a gravação que registrava o ataque em Acari ao lado do capitão Pinheiro. Ele entrara pouco antes em sua sala para discutir problemas do dia: PMs de Bangu, extorsão a traficantes; soldados do Bope, agressão a moradores de uma favela; ex-cabo preso, assalto a ônibus; oficiais da Baixada, esquema de liberação de vans. Tudo em um único dia.

— Só notícia boa, capitão — ironizou.

O capitão Pinheiro interveio, falou da prisão de um traficante da zona oeste, feita por soldados do batalhão de

Campo Grande, do estouro do cativeiro de um dono de supermercado seqüestrado em São Gonçalo. Em seguida, lembrou-se de outra má notícia.

— Ah, mais um soldado nosso foi morto dentro do ônibus. A história de sempre: um assalto, os caras desconfiaram daquele sujeito de cabelo curto, mandaram o soldado, que estava, claro, sem uniforme, mostrar os documentos. Ele, que não era idiota, tinha escondido a carteira de PM na meia, não ia dar mole para vagabundo. Ia pro trabalho de ônibus todo dia, se pegassem a carteira dele, seria morte certa. Os bandidos ficaram meio bolados quando viram que ele tava sem a identidade, cadê a carteira, porra, tu tem cara de polícia, tem cara de PM. Quando viu que ia se dar mal, o soldado tentou reagir. Nem chegou a sacar a arma: quando perceberam o movimento, os caras mandaram bala nele.

Beatriz abaixou os olhos.

— Mais um, capitão. Pra quê, hein? O senhor me desculpe, mas, cacete, pra que essa merda toda? — O desabafo fez com que ela abandonasse o tom mais cerimonioso com que se dirigia aos colegas de farda. — A gente tem quase a mesma idade, né? Não sei o que você acha disso, mas eu estou muito cansada. Cansada de ver colega sendo morto, de ter que contar história de PM que fez besteira, cansada de não saber se o cara que tá fardado do meu lado é mocinho ou é bandido, cansada de achar que todo mundo acha que só tem safado aqui dentro, cansada de ter que ouvir essas mesmas pessoas pedirem pra gente fazer uma porção de sacanagem. Outro dia veio uma vizinha, uma vizinha antiga, uma portuguesa, lá da Carolina Méier. Foi no sábado passado. Veio assim, meio sem jeito, mas veio falar comigo. E começou a contar que o filho dela tem uma mercearia no Lins, perto do morro. Que já foi assaltado três vezes, que ele sabe quem são os vagabundos, são todos do morro. E que ele queria dar um jeito nos caras. Um *jeito*, olha só. Eu fui deixando ela falar. E ela continuou: que ele queria mesmo era ver se eu conhecia uns PMs que pudessem fazer um serviço para ele, que ele sabia que eu não era disso, que ele me admirava muito, mas, sabe como é que é, todo mundo sabe que tem uns policiais que fazem este *servicinho* extra. Se eu não poderia indicar um desses policiais para ele, ele pagava bem. Capitão, eu não sabia o que dizer, fiquei parada, congelada. A mulher queria que eu intermediasse um homicídio, um, não, dois, três homicídios, achou que eu tinha jeito de empresária de matador. Fiquei tão sem jeito que ela notou, pediu desculpas, mudou de assunto, foi embora. A dona Ercília é uma vizinha antiga, me viu crescer, capitão. Ela é que fez os docinhos da minha festa de formatura aqui na PM. E agora ela me aparece achando que eu sou, desculpe a expressão, cafetina de justiceiro, como se fosse a coisa mais normal do mundo. Será que é isso mesmo?

O capitão evitou responder, limitou-se a dizer um sei que é muito difícil, não é nada fácil, major.

— Se a senhora me permite: eu também já recebi algumas propostas complicadas, principalmente quando tava no interior. Aquela história de sempre, todo mundo faz, o que tava aqui no seu lugar sempre colaborou, nunca criou problemas. Eu tive que pedir para sair de lá, major, quase todo dia vinha alguém propondo um tipo de besteira...

O oficial achou melhor não alongar o assunto, pediu licença para sair. Foi quando, com um gesto, Ferreira insistiu para que ele ficasse, tô sem coragem de ouvir isso sozinha. A major pegou um envelope. Dentro dele, o CD com a gravação das conversas que registravam o ataque ao PPC de Coroado.

Noite de sexta

Beatriz chegou ao apartamento de Fred por volta das 21h30, depois de encenar mais uma edição do que chamava de Operação Zona Sul. Um nome genérico que abarcava diversas possibilidades de despistes. Todos com uma mesma finalidade: encontrar-se com o namorado de uma maneira razoavelmente discreta. Nunca ia ao encontro de Fred fardada ou no carro da PM, não fazia, no trabalho, quaisquer comentários sobre sua vida fora do quartel: já lhe bastavam os levantamentos rotineiros feitos pela P2. Naquela sexta-feira, Beatriz esperou que todos saíssem, dispensou o motorista, trocou de roupa em seu gabinete. Foi de táxi até um shopping em Botafogo. Rodou pelos corredores, entrou e saiu de lojas — e usou seu golpe favorito, o de ir de um andar a outro pela escada rolante de uma loja de departamentos. Sou polícia, não tô fazendo nada de errado, mas tenho que fugir da polícia da polícia que, por sua vez, também não tá fazendo nada de errado — vigiar polícia é tarefa da polícia da polícia. Puta que pariu!

Assim que entrou no apartamento, Beatriz perguntou se Fred havia testado o computador. Testei, acho que tá legal. Fiz tudo o que o Vlado me disse pra fazer. Antes de desmontar, anotei onde cada fio ficava ligado, identifiquei tudo com cores diferentes. Depois da mudança, coloquei tudo do mesmo jeito. Deve estar certo.

Beatriz foi até o escritório, pegou na bolsa o CD que ouvira horas antes no gabinete, o introduziu no computador e, após alguns cliques no mouse e toques nas teclas — "Como é que você consegue fazer isto assim, com tanta rapidez?", Fred perguntou —, fez um sinal para que ele chegasse mais perto.

— Ouça isto aqui.

O som não era muito claro. As falas eram cortadas, mas dava para ouvir a conversa desesperada entre o plantonista da Maré Zero, o centro de operações capaz de controlar todos os carros e postos da PM, e um sargento, um SGT, Sierra-Golf-Tango, no jargão utilizado nas comunicações por rádio.

Beatriz, que fora fumar ao lado da janela, esperou o fim da gravação, foi até o computador, deu alguns cliques no mouse e recolheu o material.

— O sargento, você sabe, né?, morreu. O soldado tá inconsciente até hoje. Além do tiro no ombro, levou outro, uma bala de fuzil arrebentou a coluna dele. Se escapar, vai ficar paralítico.

Fred olhou para o chão, bebeu mais um gole de cerveja.

— Você acha que eu fico feliz ouvindo isto?

— Não, Fred. Eu sei que você não gosta, mas eu acho que às vezes você, vocês esquecem disto.

— O sargento, o que morreu. Ele tinha ficha limpa?

— Tinha, era um cara honesto, não tinha qualquer sacanagem. Falei com o pessoal da P2. O ataque não foi pra vingar nenhuma parada. Os filhos-da-puta resolveram acabar com os PMs. Beberam demais, cheiraram demais. Vai ver que um outro PM esculachou alguém da favela uma semana, três dias antes, sei lá. Vai ver que a PM prendeu um cara do tráfico, vai que uma outra guarnição *mineirou* algum dono de boca. Podem ter feito isso porque a PM fez uma sacanagem ou podem ter feito isso porque a PM agiu direito. Vai que não aconteceu porra nenhuma. Tô cansada de procurar alguma lógica nisso. Aconteceu o de sempre. Um bando de traficante de merda que resolve matar dois policiais numa madrugada de domingo. No caso, os PMs eram honestos, podiam ser safados, tanto faz. Rotina, né? É melhor encarar assim, um negócio sem lógica, sem um pingo de razão. Parece aqueles filmes que via lá no Paratodos, aqueles filmes de luta, de *kung fu*. Às vezes eu chegava atrasada, mas entrava assim mesmo, não queria era voltar cedo pra casa. E aí via uns sujeitos dando porrada nos outros. E esses outros dando mais porrada naqueles. Não dava pra saber quem era mocinho, quem era bandido, só dava pra ver que tinha muita porrada, pé na cara de um, soco na barriga do outro. No fundo, acho que o único motivo pra tanta porrada era a necessidade de fazer o filme, não importava muito quem era bandido e quem era mocinho. O negócio era dar muita porrada pra garantir que tivesse filme. É igual filme de sacanagem, sabe, o que menos importa é como o fulano conseguiu comer a fulana ou as fulanas. O bom mesmo é ver a sacanagem, a trepada, as putarias. A história, mesmo, não tem a menor importância.

— É uma barbaridade...

— Claro que é. Só que para eles, para os meus colegas de farda, não tem passeata, não tem debate ao vivo na TV, não tem discurso em ato público. Só aquele ritual de sempre: enterro no Jardim da Saudade, tropa formada, tiros, toque de clarim, bandeira brasileira em cima do caixão, uma notícia discreta no jornal. De vez em quando eu sonho com aquela bandeira de cobrir caixão me enrolando, me apertando...

— É diferente, Beatriz, mas o sargento foi morto por bandidos. É triste, muito triste. Mas bandido é bandido, não segue nenhuma regra. Os garotos do Borel foram assassinados por PMs, pelo Estado. É diferente, não pode acontecer. O Estado não pode ser bandido, não pode se igualar a esses caras...

— Não precisa fazer discurso, Fred. Eu sei disso tudo, eu concordo com você, você sabe. Eu sou o Estado. E posso levar um tiro qualquer hora dessas só porque sou uma PM. Só por isso. Fred, eu estudei pra ser oficial da Polícia Militar, nunca fiz merda, nunca tomei grana de bicheiro, de traficante. Já me ferrei por causa disso, já briguei com oficial, já fui escanteada. Também nunca deixei esculachar bandido, nunca aceitei que subordinado meu desse porrada em ninguém. É minha profissão, cacete. Você é advogado, né? Eu sou oficial da PM. Só que você pode andar aí todo orgulhoso com sua carteirinha da OAB, pode encher a boca e gritar "respeite um advogado!" numa blitz. Eu, cara, eu vou te confessar um negócio que nunca falei pra ninguém, eu quando saio assim, paisana, sem escolta, eu enfio a carteirinha de PM no sapato. Pior, coloco a carteira embaixo da palmilha do sapato. Isso pra não ser morta por bandido, um filho-da-puta desses pode me cercar, pode me pegar na rua. E se o cara descobrir que eu sou PM, já era, babau, morri, perdi. E eu tenho um filho pra criar. Então, o que é que eu faço? Pego a carteira de PM, a carteira que o Estado me deu pra defender a sociedade, enfio a porra da carteira no sapato. Minha carteira de policial tem cheiro de chulé, Fred, você sabe lá o que é isso?, carteirinha com cheiro de chulé?

— Mas por que você não sai dessa? Você ainda é jovem, é inteligente. Você não queria fazer concurso pro Ministério Público?

— Parece fácil, né, Fred? Pra você é muito fácil. Cara, eu tô na PM há 14 anos. Catorze anos... Foi lá que eu construí minha vida. Eu nunca trabalhei em outro lugar, nem sei como é que é isso. Essa é a minha profissão, Fred. Eu tenho o direito de ser uma boa policial militar. Se eu sair vai ser, bom pros safados, pros sacanas. Eu ia me sentir como se tivesse sido expulsa, Fred. Será que é muito querer exercer a porra da profissão com um mínimo de dignidade, Fred, será que eu não tenho esse direito?

Beberam um pouco mais de cerveja, viram TV, chegaram até a falar de futebol. Beatriz era Vasco — pelo menos isso, um time que respeitava os crioulos, ressaltou Fred. Ele aproveitou o tema futebol para falar do pano: ah, lembrei, tenho um negócio para te mostrar. Ele foi até o quarto e voltou com o envelope pardo. Beatriz acompanhou o ritual de abertura do envelope, da retirada do saco plástico que protegia o pedaço de pano verde.

— Sabe o que é isso?

— Sei. Um pedaço de pano verde e velho. — Fred deveria saber que a resposta de Beatriz seria esta. Contou então a história de seu encontro com Friedenreich — Fried quem? —, falou de sua quase devoção àquele pedaço de pano.

— Você tem certeza de que aquele velho era o... como é mesmo o nome dele? — Fred também poderia esperar por aquela pergunta.

— Certeza absoluta não dá pra ter, eu era muito pequeno. Mas o velho era muito parecido com o Friedenreich. E depois tem a história da bandeira que ele arrancou dos argentinos. Isto é fato, tá nos livros. É muita coincidência, Beatriz. O velho falou em batalha, tá na cara que ele falava do jogo. Tem também outro detalhe: o Friedenreich sofria de Parkinson, e o velhinho tremia pacas, eu lembro disso...

— Em São Paulo faz frio, é normal tremer... — Beatriz agia como a policial que sempre fora: craque no ceticismo, dura na queda, incapaz de formar uma convicção com base apenas em indícios. Ainda mais em indícios frágeis: a memória de um fato ocorrido na infância que envolvia um velho gagá — "mas ele não disse nem qual era o nome dele?" — e uma epopéia mal documentada.

— Tá bom, Beatriz — conformou-se Fred enquanto devolvia o saco plástico para dentro do envelope. — Você não quer acreditar na minha história, no meu tesouro. Mas, pelo menos, aprende a falar o nome do Fried: Friedenreich, Arthur Friedenreich, o pai dele era alemão, ou filho de alemão, sei lá. A mãe era negra, acho que até nasceu escrava. O cara foi importante.

Fred guardou o envelope, mas insistiu no assunto. Falou nos cabelos de Fried, nos seus próprios cabelos, na história da touca, no paradoxo que era o jogador ter lutado tanto para defender uma bandeira dos brancos.

Beatriz não se interessava muito por futebol, era Vasco porque os pais eram Vasco. Mas gostava de ouvir as histórias de Fred. Gostava mesmo era de Fred. Apesar de tudo, de sua implicância com a PM, de sua rigidez, de sua insistência em alguns temas, de seus vacilos, o considerava um lutador, alguém que, por fidelidade a uma causa, arriscava sua carreira e mesmo seu emprego. Às vezes era meio chato, mas um bom chato, um cara legal. Beatriz só não sabia quanto tempo iria durar aquela relação. Sonhara com um namoro que a ajudasse a se libertar do confinamento da PM e arrumara outras restrições, namoro de uma ou, no máximo, duas vezes por semana, de jantares de comida entregue em casa, de conversas só a dois; namoro sala e dois quartos, esticando o pescoço dava pra ver o Cristo. Uma relação clandestina. Nilza, de uma certa maneira, acertou quando especulara: "Você tá é saindo com um cara casado. Sei que você vai negar, mas eu não tenho a menor dúvida." Uma vez, Beatriz e Fred saíram para almoçar, um pequeno restaurante de comida espanhola espetado em um morro de Itaipava. Chegaram em carros diferentes: ela de chapéu e óculos escuros, tudo para não ser reconhecida. Fred jurava ter ouvido alguém cochichar que a madame tava traindo o marido com o motorista mulato.

— Aquele dia foi muito ruim, Fred — comentou.

— Por enquanto é o que podemos fazer, Bia.

— Até quando a gente vai agüentar isto? A gente não tá fazendo nada de errado.

— Vamos ver, por enquanto não dá pra fazer previsão, né?

— Será que seria tão ruim assim se a gente assumisse? Será que a gente não tá exagerando, Fred?

— Talvez, Bia. Mas acho que a gente deveria esperar um pouco mais. Na prática, não estamos fazendo nada de errado, mas, sei lá. Como é que a gente vai ter certeza de que não vai haver nenhum problema, nenhuma retaliação? Por mim, nem tanto, vou ser meio sacaneado, vai ter gente me olhando de lado. Mas eu sei que sou respeitado, ninguém vai me achar um traidor. Mas você, sei lá: a PM é mais rígida, pelo menos, quando quer ser rígida. Acredite, tenho mais medo do que possa acontecer com você do que comigo. Afinal, o que está em jogo é a sua carreira.

("'Tenho mais medo do que possa acontecer com você do que comigo', puta que pariu, Fred, são as mesmas palavras que você usou comigo, Fred. Cara, você não mudou nada, continua o mesmo cagão, o mesmo covarde, o mesmo babaca.")

A reação da namorada despertaria Fred que, por alguns segundos, estava ausente, atento a uma voz que só ele ouvia, a voz de Carolina. Beatriz se levantou, caminhou pela sala, olhou pela janela que permitia a vista enviesada do Cristo. E voltou-se para Fred:

— Eu quero ir à praia com você, cara. Eu quero os domingos no parque, eu quero o chope na Lapa. Eu quero poder sair pra dançar, quero sair pra jantar sem me importar se estou sendo vista ou não. Tô cansada de ser amante sem ser, não quero ser casada com a PM. Fred, eu quero os sábados! Será que é muito pedir isso? Eu quero os sábados! — repetiu.

Naquela noite eles se amaram em silêncio, sem gritos, sem euforia. Foi como se transassem sozinhos, como se o outro não estivesse ali. Dormiram em seguida, cada um em seu canto da cama.

sexta-feira e eu aki d novo na tranka ☹!!!!!!! minha mae saiu e me deixou aki com meus avos! naum gsto d fikah aki com eles, saum xatos pra kct ☹!!!! implicam paks cmg. q eu naum estudo, q so kero sabe de tc. plo mns niso eles acertram... rs.... meu pai fikou de passa pro aki amanha. dv me pegah... isso eh baum ☺!!!!! vou pd tomar banhu de picina e brinka com os caxorros. fla com sua mae e ve si ela dexa vc i lah cmg!!!!

Informes

A voz de Beatriz era quase inaudível, saía mastigada, sonolenta.

— Fred, o celular.

— Hein?

— O celular, Fred. Tá tocando, deve tá lá na sala, o hino do Fluminense...

Fred levantou-se assustado. Manhã de sábado, que horas devem ser? Quem sabe é engano, não é possível que seja mais um pepino. Fred errou, era mais uma colheita de urgência, a *PP* chamava. Do outro lado da linha, Vladimir se mostrava ansioso. Falava com rapidez, empilhava palavras: nomes, referências geográficas. Ainda atordoado, ele e Beatriz tinham ido dormir depois das duas da madrugada, Fred pedia calma, não tô conseguindo entender nada, tô meio sonado.

— Você conseguiu apurar aquela história? — quis saber Vladimir.

— Que história?

— Porra, Fred. A história dos garotos. Você tinha ficado de falar lá com a sua amiga, aquela amiga, a que veste azul...

Fred se lembrou da conversa que ele e Vladimir tiveram no bar, na quinta-feira, depois da manifestação. Ele ficara de sondar Beatriz, tentar saber o que a PM conseguira apurar. Fred também lembrou que não se esquecera do assunto, apenas não tivera coragem de quebrar o pacto informal que mantinha com ela: nada de perguntas sobre questões internas da PM.

— Ah, claro. Fiquei, sim, de tentar. Mas não deu, Vlado. É complicado, não tive chance, nem consegui conversar direito com aquela pessoa. Mas por que você quer saber disso às oito horas da madrugada de um sábado?

Vlado disse que seria melhor não conversarem por telefone. Passara a noite acordado, não conseguira dormir. Esperou até as 8h para ligar, não queria acordá-lo, atrapalhar o seu sábado. Mas era importante, precisava conversar com ele.

— Posso ir na sua casa? Vou até Irajá, lá eu pego o metrô, daqui a uma hora, uma e pouco chego aí.

Fred tremeu ao pensar na possibilidade de pedir para Beatriz sair de casa para que ele pudesse receber o amigo. Logo num sábado — "Eu quero os sábados!", chegou a se lembrar da voz e da entonação dela.

— Aqui em casa não vai dar, tô com uma faxineira nova, ela vai chegar daqui a pouco, vai ser um caos. Vamos lá no Núcleo, pode ser? É até bom dar uma chegada lá, a gente aproveita e tenta dar uma arrumada no que sobrou. Dez e meia lá?

— Antes, Fred, antes. Nove e meia?

— Dez, dez horas. Eu tenho que esperar a faxineira.

Fred desligou o telefone. Ainda na sala, ouviu a voz de Beatriz:

— Cara, eu não acredito que você vai sair!

Recostado em uma mesa — merda, quebraram a melhor cadeira que a gente tinha —, Fred ficou em silêncio por alguns segundos após ouvir o relato feito por Vladimir. Depois, colocou as duas mãos na testa e as fez deslizar por toda a cabeça, até a base da nuca, como se penteasse os cabelos com os dedos. Isto, ao mesmo tempo em que emitia um longo suspiro de olhos fechados e inclinava o pescoço para baixo.

— O quê que você tá me dizendo, Vlado?

— É isso que você ouviu. Soube ontem à noite, melhor, hoje de madrugada. Tava aqui pertinho, na Lapa. Ao contrário de você, eu fui atrás das minhas fontes, aquele esquema das rádios. Falei com um sujeito, um cara novo, que mora lá na Formiga. Ele participa lá do esquema da rádio.

— Quem é ele?

— Não vou dizer, né, Fred? O cara, coitado, tá morrendo de medo. Só me contou porque, sei lá, ficou puto, tá revoltado, diz que desde que viu as mães dos garotos na TV não consegue pensar em outra coisa. Mas diz que se eu falar que ele disse, ele nega tudo. Falou até que ia dar uma sumida, aproveitar as férias, ia pra casa de um amigo, de um primo, sei lá. Ia pra ficar fora do Rio por um tempo.

— Ele tem certeza?

— Claro que tem, ele viu tudo. Ninguém contou. Ele tinha acabado de chegar no morro. Não sabe bem o horário, mas acha que foi por volta de uma da manhã, por aí. Ele chegou com uma amiga, a namorada. Disse que antes foi deixar a menina em casa, ela mora logo no início da subida. Foi quando ele tava saindo da casa dela que ele viu tudo.

— E não tem jeito dele falar?

— Nenhuma chance. Pra falar comigo já foi foda. Tive que prometer, jurar que não ia entregar o nome dele. O que aconteceu foi isto, a polícia agora tem é que correr atrás da história.

— E como é que vou chegar na polícia e contar essa história sem ter uma testemunha pra bancar?

— Porra, Fred! Tudo bem que você não pergunta nada pra tal da PM, a mulher é muda, pelo visto. Mas surda ela não é, né? Nada impede que você conte pra ela o que você sabe. Se ela é tão honesta assim como você diz, vai se interessar pela história, pela apuração.

Fred soltou um outro suspiro.

— Tá bom, deixa comigo. Vou dar um jeito nisso. Me dá licença que eu tenho que telefonar.

Pegou o celular, ligou para Beatriz, preciso muito falar com você. Me espere aí na base, daqui a pouco eu chego.

— Desculpe, Fred, mas eu não estou entendendo — a sua vontade era de sair, correr, gritar. — Como assim? Você quer que eu diga como é que estão as investigações sobre o caso dos rapazes do Borel? Você enlouqueceu? Cara, se a gente não estivesse junto há tanto tempo, eu ia embora agora, batendo porta, e nunca mais aparecia por aqui. Desculpe, mas isso é um desrespeito, é um abuso. Porra, isso é uma sacanagem, a gente nunca misturou as coisas.

Sentada na cama, Beatriz tentava não acreditar no que acabara de ouvir. Seu namorado havia rompido um pacto que, de tão óbvio e necessário, jamais fora formalizado. A precária relação entre eles só se sustentava graças àquele acordo, a ingerência de um na vida profissional do outro seria a gota d'água que faria transbordar todas as possibilidades de sobrevivência daquela história tão complicada.

— Eu é que peço desculpas, Beatriz. Você sabe que, nesse tempo todo que a gente tá junto, eu nunca fiz qualquer pergunta sobre PM, inquérito, investigação. Nada, nada. Você sabe disso. E olha que toda hora aparece lá no Núcleo alguma história que tem a ver com PM, você tá careca de saber isso, né? — Fred andava pelo quarto enquanto falava. Tentava falar baixo, de forma pausada. Tinha que convencer Beatriz a colaborar e, ao mesmo tempo, salvar aquela relação, a melhor e a mais prazerosa que vivenciava havia alguns anos.

Beatriz parecia irredutível. Chegou a se levantar, a ensaiar um gesto de quem iria embora. Parecia que a major Ferreira assumia seu posto naquele quarto: substituição em Botafogo, sai a namorada, entra a oficial.

— Bia, por favor, Bia. Você quer, pelo menos, deixar que eu explique o que tá acontecendo? Por favor, confie em mim. Sei que é absurdo eu perguntar isso, é uma sacanagem, até. Mas é preciso. Caramba, pode ser importante também pra você, para a PM. Você não vive me dizendo que a PM quer punir os maus policiais, que quer descobrir o que aconteceu lá no Borel? Pois é, eu tenho uma história importante, a fonte é boa. Confie em mim, eu não vou sacanear, enfiar você numa roubada. Não vou usar essa informação pra nada, não vou abrir isso para os jornais, vou ficar quieto. A informação vai ficar com vocês, com a PM. Vocês é que vão poder usar essa informação, claro, se ela for confirmada. Encare isso como uma ajuda, um disque-denúncia. Será que é tão difícil assim?

— Você tá se propondo a ajudar a Polícia Militar e quer que eu não desconfie...

— Não é a PM, cacete. É você, eu confio em você. Se eu não confiasse em você, se você não existisse, eu ligaria agora para um jornal ou, sei lá, iria no Ministério Público atrás do Macedo, aquele promotor que é nosso chapa. Mas acho que é melhor tentar resolver isso internamente. É mais rápido. É melhor para vocês e melhor para a gente, melhor para todo mundo, Bia.

Agora era a vez da major Ferreira ceder um pouco seu lugar para Beatriz. Esta sabia que uma recusa poderia, naquela situação, representar o fim da relação com Fred. E isto não era pouco. O namoro poderia até não acabar ali. Ela iria embora para casa, ficariam sem se falar no fim de semana, talvez até mesmo na segunda-feira. Na terça um tomaria a iniciativa de ligar para o outro, aos poucos poderia haver uma reaproximação. Mas a marca da desconfiança ficaria para sempre, ali, vigilante. Recusar ao menos ouvir o que Fred tinha para lhe dizer representaria trazer para a relação um componente novo e desagradável, cunha que tenderia a abrir uma fenda cada vez maior naquela história. Fred tinha crédito, nunca tirara proveito do namoro. Era a sua vez de arriscar: salto sem rede, passos no fio da navalha. Preciso de fósforos, de um cigarro, de um maço de tolerância.

— O que foi que o Vlado te falou?

Quebra-cabeça

— Boa-tarde, major. A senhora por aqui? Num sábado?

— Pois é, capitão. Ontem acabei me esquecendo de pegar uns papéis. Quero aproveitar o fim de semana para estudar uns documentos, adiantar o serviço. Se deixar para segunda-feira, vai ser aquele sufoco, repórter ligando, comandante-geral me chamando. Acaba não dando tempo de fazer nada.

Pinheiro até pensou que seria bom ter mais coragem e menos sentimento de hierarquia para dizer deixa disso, major, trabalho demais faz mal, uma mulher bonita e gostosa como a senhora tem direito de passar um fim de semana tranqüilo, numa praia, tomando uma cerveja, comendo um camarão. De preferência, ao meu lado. Nós dois, sem farda, sem roupa nenhuma.

— Claro, major. A senhora tá certa. Boa-tarde.

A major Ferreira saiu da sala com um envelope nas mãos. Dentro não havia papéis, mas um outro CD, aquele que o tenente Flávio, da P2, deixara com ela. O CD que trazia a cópia da movimentação de viaturas da PM na área do Borel na madrugada de segunda-feira. O relato de Fred — admitia — dava sentido àquele emaranhado de linhas coloridas que ilustrava a tela. Era preciso rever aquelas imagens, conferir se a história contada pela tal testemunha era verdadeira. E se fosse, cacete, e se aquela história fosse verdadeira?

Ela recusou a proposta de Fred, que queria chamar Vladimir para acompanhar a sessão — "ele sabe mexer melhor no computador", alegou.

— Você tá louco? Já basta exibir para você, sem autorização, um material sigiloso da PM. Eu só estou fazendo isto porque os patrulheiros devem voltar para a rua na segunda-feira, o exame nas armas deles deu negativo, não temos nenhuma prova contra eles. Querer chamar o Vlado aqui... Deixa que eu me viro.

Diante da tela do computador, Beatriz e Fred se concentraram na movimentação de uma patrulha, a 54-5387, a que fora detectada na rua São Miguel à 1h38 e que ficou parada por ali durante quatro minutos. E que depois seguiu para outro ponto nas proximidades da favela, onde chegou à 1h44, mais ou menos o horário em que os três garotos sumiram. Fred tinha dificuldade para perceber o que representavam aqueles pontos no mapa, conhecia mal as ruas da Tijuca — sua longa travessia rumo à zona sul não tivera nenhuma parada por ali. Mas para Beatriz, tudo era muito evidente. Seus olhos já adestrados identificavam com perfeição o trajeto da 54-5387. O relato do que dissera a testemunha funcionava como uma narração, legenda para o que se passava na tela.

— Olha só, Fred. Os caras não seguiram para o Alto, não foram eles que desovaram os corpos dos garotos. Possivelmente nem foram eles que mataram os garotos. Por isso que o exame de balística deu negativo. Eles ficaram parados aqui, neste outro ponto da São Miguel, por dois minutos. Logo depois saíram, entraram nesta ruazinha aqui, a Santa Carolina, e começaram a descer a Conde de Bonfim, repare.

Beatriz então se calou ao ver o que não notara antes, quando Flávio lhe mostrara o CD. Ela refez com o indicador direito o trajeto da viatura, aproximou o rosto da tela:

— Não é possível!

— O que foi, Bia?

— Fred, olha só isso aqui. O tenente lá da P2 tinha me dito que a patrulha tinha descido a Conde de Bonfim, lembra?

— Lembro, você acabou de me dizer isto.

— Mas não foi bem assim, olha só isso aqui... Cara, não é possível.

— O quê que não é possível, Bia?

Beatriz encostou o dedo na tela, os riscos, os desenhos, os números pareciam saltar, gritavam.

— Os caras não foram para a Saenz Peña. Até foram, mas depois. Antes, às 2h01, eles viraram à direita, entraram nesta rua aqui, a rua Medeiros Pássaro, uma ruazinha que vai dar no morro da Formiga. No fim da Medeiros, eles dobraram à esquerda, aqui, olha só, tem uma outra ruazinha estreita que dá acesso a outras ruas do morro. Eles pararam aqui, ficaram alguns minutos, quatro minutos e meio, exatamente, manobraram e voltaram para a Conde de Bonfim.

— Puta que pariu!

— Pois é, puta que pariu. A história faz sentido. A testemunha deve ter falado a verdade quando disse que viu três rapazes saírem de um carro da polícia lá no morro da Formiga. Os PMs pegaram os garotos no Borel, mas não mataram nenhum deles. Levaram os caras de presente para os traficantes da Formiga. Entrega em domicílio, um presente atrasado de Natal. Segundo a sua testemunha, nesse momento eles entregaram os garotos e as armas.

— Bia, isso vai dar uma merda...

— Imagina pra mim, que sou PM.

— Você acha que o tenente da P2...

— Se ele omitiu isto de propósito? Não sei, Fred. Pode ser, não tenho certeza de nada. Pode ser que ele tenha omitido pra proteger os patrulheiros, pode ser que ele não tenha dado importância a essa passada na Formiga. Ele não sabia de nada, do relato da testemunha.

— O que que você vai fazer?

— Bem, em primeiro lugar, eu vou pra casa, ver meu filho, chorar um pouco. Depois, vou ligar pro comandante-geral, marcar uma reunião com ele. É capaz daquele doido querer que eu vá até ele ainda hoje, no máximo, amanhã. E vamos ver o que vai ser feito. Pelo que eu conheço do coronel Eglédio, ele vai chutar o balde, vai mandar prender até o comandante dos patrulheiros. Mas, antes de ligar para ele, tenho que resolver um problema.

— Outro? Como assim?

— Como é que vou fazer para dizer que recebi a informação do cara da Formiga? A tal da testemunha que viu os patrulheiros chegando com os garotos? Não posso chegar para o comandante e contar que meu namorado, aquele, que adora dar porrada na PM, tem um amigo que também é mestre em descer o cacete na corporação. E que o tal amigo conheceu um sujeito, morador do morro da Formiga, que contou que viu o que viu, mas que não quer se identificar. Pior, que o sujeito, a testemunha, sumiu — Beatriz parou, foi até a janela da sala, esticou o pescoço, olhou para a direita e notou que o Cristo estava encoberto. — Fred, não dá, eu não posso contar esta história. Se contar, vou parar no Regimento de Polícia Montada de Campo Grande, encarregada da alimentação dos cavalos...

— E o que você vai fazer?
— Vamos ter que dar um jeito, meu caro.
— Bia... — A voz de Fred era quase um sussurro.
— ....
— Cuidado. Isso pode dar merda.
— Isso já deu merda, Fred.

A major acertara. O comandante-geral da PM preferiu se encontrar com ela no domingo. O coronel Eglédio estava em sua casa de praia em Camboinhas, em Niterói. Desde sua nomeação para o comando que o quarteirão de sua casa se transformara no mais seguro da região, era guardado por um carro da corporação até mesmo quando o oficial permanecia no Rio. Naquele início de tarde, o coronel vestia bermuda, uma camiseta branca com o símbolo da PM e calçava chinelos de dedo. A major fez um breve relato para o comandante, falou das investigações, da testemunha, das informações gravadas no CD. Lembrou também que, havia cerca de um ano, o Sexto Batalhão abrira uma sindicância para apurar denúncias de que PMs estariam fornecendo armas para traficantes da Formiga.

— O senhor se lembra disso, comandante?

— Acho que sim, devo ter lido alguma coisa. É tanto problema, major, que não dá para saber de tudo. Mas vamos ver logo este CD.

O coronel colocou o CD em seu notebook. Com um gesto educado, porém firme, indicativo de sua superioridade hierárquica, fez com que a major permanecesse calada durante a exibição da seqüência. Ao fim da sessão, comentou:

— Os indícios são fortes, major.

— Desculpe, comandante. Mas acho que é mais do que isso. A meu ver, essas imagens são definitivas, provam que os patrulheiros da 5387 seqüestraram os rapazes, os levaram até o morro da Formiga e os entregaram ao tráfico. O depoimento é muito claro. O rapaz que deu as informações não sabia que a Central de Operações tinha o registro da movimentação da patrulha.

— A P2 conseguiu recuperar o áudio, a conversa entre os patrulheiros e a Central?

— Não. Melhor, eles conseguiram a gravação, mas os caras não falaram nada. Durante uns 15 minutos os patrulheiros não fizeram nenhuma comunicação com a Central.

— Major, veja bem, por favor. Eu até acho que o relato pode ser verdadeiro. Mas, cadê a tal testemunha? A senhora me disse que o rapaz, foi um rapaz, não?, não quer depor, que teria até saído do morro... Também não entendi como a senhora soube desse depoimento. Foi a P2 que recolheu as informações?

A major esperou alguns segundos antes de responder. Merda, é a primeira vez que vou mentir para o comandante-geral. É por uma boa causa. Espero que essa história do Vlado seja verdadeira, não quero ir para Campo Grande, não quero virar garçonete de cavalo.

— Foi um telefonema anônimo, comandante. O senhor sabe, eu fui ontem ao meu gabinete pegar uns documentos, uns papéis. O telefone tocou e eu atendi, no sábado a equipe é reduzida, eu mesma atendi. Uma pessoa, um homem, disse que era morador da Formiga e que tinha presenciado a cena. Eu tentei pedir mais detalhes, até sugeri que ele ligasse para o disque-denúncia... Mas ele tava muito nervoso.

— A senhora conseguiu identificar a origem da ligação?

— Foi de um orelhão, deu para ver no identificador de chamadas. Eu aproveitei e peguei o CD com o rastreamento da movimentação da viatura naquela madrugada. Para conferir, para checar se o que ele me disse era compatível com as nossas investigações.

— Pois é, major — o coronel levantou-se do sofá e caminhou em direção à porta que dava acesso ao jardim da casa. — Acredito que suas conclusões estejam corretas, mas ainda precisamos investigar mais.

— Mas é tudo muito evidente, comandante. E, por favor, acredite, eu fico muito triste com isto. Adoraria que os PMs fossem inocentes...

— Eu também fico chateado, a senhora sabe. Mas não podemos nos precipitar.

— O senhor me desculpe, comandante. Mas eu soube que os patrulheiros vão voltar para as ruas amanhã. O exame de balística deu negativo, a testemunha do Borel não apareceu... Eu tenho medo que, de volta ao patrulhamento, eles possam coagir a comunidade, aí mesmo que não vai aparecer qualquer testemunha.

— Isto é fácil de resolver. Vou ligar amanhã cedo para o comandante do Sexto e determinar que eles fiquem mais uns dias no serviço interno. É melhor que fiquem por lá, acho que isto vai facilitar a investigação, ainda mais agora, com esses novos elementos. Vamos ver o que dá para ser feito a partir dessas novas informações. Agora, por favor, major, eu preciso voltar para o plantão com a minha família. — Com uma virada de cabeça, apontou para a mulher e os filhos adolescentes no jardim. Os filhos ouviam música em torno da piscina, a mulher, ajudada pela irmã, levava travessas de arroz e maionese para a mesa que ficava ao lado da churrasqueira. — A senhora sabe como é difícil conciliar nossa profissão com a família. A minha senhora vive dizendo que ela é a *outra*. Que eu me casei mesmo foi com a PM... Se a senhora quiser, pode ficar para o churrasco, a carne é boa, bem melhor que aquela do quartel...

— Obrigada, comandante, seria um prazer, mas, infelizmente, não vai ser possível. Eu também tenho que cuidar do meu filho, eu tinha prometido almoçar com ele hoje.

A major pegou a capa do CD.

— Eu posso... — apontou para o notebook, indicando que gostaria de recolher o material.

— Ah, por favor. Deixe este material comigo, OK? Quero ver isto com calma. Amanhã eu o encaminho para o responsável pelo IPM.

No carro, na ponte, logo após acender um cigarro, Beatriz lembrou-se que não chegara a salvar os dados do CD em seu computador. A cópia entregue ao coronel Eglédio era a única que tinha. Besteira, não precisaria se preocupar. Mesmo que o comandante-geral perdesse o CD, mesmo se ele se livrasse do material, os dados permaneceriam no computador do Centro de Operações. A P2 também já teria cópias de toda aquela movimentação. Admitia que esperava uma decisão mais enérgica do comandante-geral, um vou mandar prender esses homens que mancham a farda da corporação. Algo assim. Mas quem sabe ele tem razão? Talvez seja preciso investigar um pouco mais, ter um pouco de cautela, ouvir o comandante do batalhão.

A segurança pública se transformara em área prioritária de qualquer governo, todos os gestos tinham que ser cautelosos. As sucessivas crises impuseram uma lógica de revezamento constante nos cargos de poder relacionados com o setor. Trocas de comando eram freqüentes; os governos, Beatriz sabia, apostavam na esperança da população. Uma esperança esmagada a cada crime de maior repercussão e, pelo menos em tese, renovada a cada troca-troca na cúpula da segurança. Sai secretário, entra secretário; rua com o comandante da PM, que seja bem-vindo o próximo; fora, chefe da Polícia Civil, parabéns, delegado, pelo novo posto. Havia uma permanente troca de guarda nas funções responsáveis pelo enxugamento de gelo em que se transformara a missão da polícia no estado. A definição do trabalho — enxugamento de gelo — era de um ex-chefe de polícia. Desde então, a produção de gelo e a tarefa dos enxugadores não deixaram de crescer.

Eglédio estava prestes a comemorar dois anos no cargo, quase um recorde. Não poderia se precipitar, tinha que manter boas relações com o governador, com o secretário, com os outros coronéis, muitos contrários à exposição pública das mazelas da corporação. Era preciso ser político, ter um pouco de jogo de cintura. Ferreira também não tinha motivos para desconfiar do oficial que tanto apoio lhe dera em ocasiões anteriores. De qualquer forma, ele já garantira que deixaria os dois PMs dentro do quartel por mais alguns dias. Um bom sinal. O jeito é esperar um pouco, confiar no bom senso do comando. Beatriz ansiava por uma decisão correta: expulsão dos PMs, abertura de processo criminal contra os ocupantes da 5387, admissão pública de que o crime contara com a colaboração dos policiais. Isto diminuiria suas angústias, as dúvidas em relação à própria carreira, poderia até mesmo admitir uma eventual melhoria da relação com Fred. Até mesmo ele se veria obrigado a reconhecer como a corporação tratara de forma correta aquele caso. Constrangido, concordaria, enfim, que a PM não era assim tão ruim, que nem tudo estava perdido. Daria o braço a torcer, como dizia sua mãe. A diminuição dos pontos de atrito entre eles poderia contribuir para uma aproximação, para a possibilidade deles, enfim, assumirem publicamente aquela história. Não fazia sentido comportar-se como uma adúltera. Não era casada, não traía nenhum marido, não traía nem mesmo a PM.

Era só uma questão de tempo, de pouco tempo. Em alguns dias o boletim da corporação anunciaria a expulsão daqueles dois sujeitos, que seriam julgados por seqüestro, formação de quadrilha e, quem sabe?, homicídio. Um bom promotor não teria dificuldade para mostrar que eles tinham sido elementos fundamentais no assassinato dos três rapazes.

— Tá animada hoje, Bia. Vai dizer que seu namorado, aquele homem misterioso, disse que vai deixar a mulher pra viver com você? Só vendo, minha querida...

— Deixa de ser boba, Nilza. Já falei que não tem homem casado nenhum, você acha que eu ia me envolver com homem casado?

— Tá bom, acredito em você. Em nome da nossa amizade, eu acredito em você...

Varejo

ICMS, legislação tributária, compensação de tributos, recurso, prazos, audiência, papéis, papéis, papéis — tormentos abstratos e concretos se fundiam diante de Fred, amontoados na sua mesa e na sua cabeça.

— Fred? — pelo telefone, ouviu a voz do chefe.

— Bom-dia, Honório.

— Você pode dar uma chegadinha aqui na minha sala?

Fred fez uma dobra na página do processo que estudava, fechou o volume e foi em direção à sala do dono do escritório. Honório o recebeu com um gesto amistoso, sente-se, por favor. Quer um café?

— Você sabe que eu nunca recuso um café...

Honório pediu dois cafés à secretária. Enquanto ela não vinha, perguntou pelo Fluminense, reclamou do futebol carioca. Rapaz, no meu tempo eu ia ao Maracanã pra ver o Garrincha, pra ver o Didi, o Zagalo, o Nilton Santos. O Nilton Santos, que jogador... Já te mostrei o autógrafo que ele me deu no livro dele?

Fred estranhava aquela conversa em uma segunda-feira, logo depois do início do expediente. Ele e o dono do escritório tinham certamente muito mais o que fazer do que discutir as mazelas do futebol do Rio. O motivo de sua ida à sala do chefe só seria conhecido depois do café.

— Fred, você sabe que eu admiro muito você, que gosto muito do seu trabalho.

— ...

— É verdade, você sabe disso. Você é um exemplo de rapaz que conseguiu driblar as dificuldades, que não se rendeu ao preconceito. Acho que já te contei aquela história que ocorreu lá na Ordem. Quando o Guilhermino, lembra dele? Grande advogado, que Deus o tenha. O Guilhermino era uma ótima figura, brincalhão, inteligente, safado... Não podia ver mulher, aos 80 anos adorava ir para o fórum às sextas-feiras, dizia que neste dia as advogadas iam mais bem-vestidas, de pernas de fora. Mas, enfim, o Guilhermino veio falar comigo, isso há uns 15 anos, logo que você começou aqui. Chegou com aquele jeitão dele, né, aquela voz meio empolada. Veio me perguntar se eu sabia que meu apelido no fórum era princesa Isabel. Isto porque eu tava colocando negros para trabalhar na área comercial...

— Honório, por favor, me poupe destas histórias. Você sabe que eu fico puto com isso.

— Mas é besteira. Era o jeitão do Guilhermino, ele não tinha nada de preconceituoso. Aliás, adorava uma mulata.

— Chefe, por favor. Eu tô todo enrolado com um processo e você vem com esta história desse velho reacionário e racista. Me desculpe, ele era seu amigo, mas, por favor, repito, me poupe.

— Tá bem, tá bem. Deixa pra lá. Só falei nisso para lembrar como você conseguiu ultrapassar essas besteiras todas.

— Sim, mas e daí? Aonde você quer chegar?

— Quero dizer, Fred, por favor, me entenda. Quero dizer que você vai ter que deixar o caso do supermercado.

— O caso da rede Panorama? Por quê? O processo tá indo bem, o juiz tem demonstrado que vai aceitar nossas alegações, nenhum prazo foi perdido... Peraí, você veio com essa conversa sobre o Guilhermino. Esta decisão aí do Panorama tem alguma coisa a ver com preconceito, com racismo? Honório, se tiver, eu meto um processo naqueles filhos-da-puta — indignou-se Fred, que chegou a se levantar da cadeira:

— Acho que meto um processo até contra você — completou.

— Claro que não, Fred. Você sabe que eu nunca admitiria isto. O problema é outro. O dono da rede, o João, você conhece ele.

— Conheço, nos conhecemos na semana passada. O que é que tem?

— Pois é. Ele esteve com você no fórum, logo depois viu você na TV. Ele e a torcida do Flamengo, todo mundo viu. Ele assistiu à reportagem sobre aquele ato público. Viu sua foto nos jornais, fazendo discurso, aquelas histórias todas.

— E daí, Honório? Eu nunca escondi minha militância, meu trabalho fora daqui. Você sabe disso, sempre soube disso.

— Eu sei, Fred, você foi sempre muito honesto. O problema é que o cara tem um primo na PM, é amigo de uma porrada de PM, parece até que a segurança dos supermercados é feita por uma empresa dos caras, aquelas histórias meio confusas. Sabe como é supermercado. Volta e meia os seguranças têm que dar um arrocho naqueles moleques que entram para roubar umas besteiras. Um quilo de arroz, meio de carne, um pacote de macarrão. Parece que uma vez, já faz tempo, uns dez anos, os sujeitos exageraram, foi numa loja da Pavuna, eu acho. Uns neguinhos entraram...

— *Neguinhos...* — observou Fred, ressaltando a associação que Honório fizera entre banditismo e cor de pele.

— Perdão, Fred — Honório admitiu, com uma entonação quase caricata, o preconceito embutido na qualificação. — OK, OK: uns jovens afrodescendentes em situação de risco, tá bom assim? Então, os tais jovens afrodescendentes em situação de risco entraram no supermercado, fizeram um meio-arrastão. Uns dez garotos. Os seguranças pegaram uns três ou quatro e deram uns cascudos neles. Houve um exagero, a emoção, a irritação, você sabe. Um dos garotos apanhou mais do que devia, teve um braço quebrado, uma merda. Saiu no jornal, nas rádios, na TV, um escândalo. E sabe quem foi o advogado que tomou as dores do tal jovem afrodescendente em situação de risco?

— Fui eu, claro. Lembro da história, foi um horror o que fizeram com o menino. Metemos o segurança na cadeia e ainda arrumamos uma indenização pro garoto... Mas, peraí, o supermercado não era Panorama. Era de uma rede pequena, Mercearias Trás-os-Montes, um negócio assim.

— Tudo da mesma família, aquelas coisas de português. Essa rede aí só atuava em subúrbio, era do pai do tal oficial da PM, tio, portanto, do João. Você arrancou uma grana do portuga, ferrou com a vida dele: teve manifestação na porta, apedrejaram a loja da Pavuna, fizeram arrastão numa outra loja, acho que em Inhaúma. Uns meses depois o português foi seqüestrado, ele acha que foi por causa daquela confusão. Quando saiu do cativeiro decidiu voltar pra Portugal, foi morar em Vila Nova de Gaia. Agora você tá mexendo com esse caso do Borel. O tal oficial é do batalhão da área, parece que tá o maior barata-voa no quartel. Em resumo: os caras não querem que você cuide do processo deles.

— E aí, eu dancei.

— Não tenho outra saída, Fred. Acho que eles estão errados, que vão se arrepender. Não tenho a menor dúvida que você é o nosso melhor cara para cuidar do processo. Mas eu não posso brigar com o cliente. Já falei com o Freitas, ele vai assumir a causa. Já avisei também que ele vai ter que dividir a parte dele dos honorários com você. Até porque você já fez muita coisa no processo.

— Merda!

— Deixa isso pra lá, Fred. A gente tem muitos problemas bons para você aqui no escritório.

Fred saiu da sala e foi em direção à copa, precisava de um outro café. No caminho, seu olhar cruzou com o de Carla. Ela levantou as sobrancelhas e apertou os lábios — aquela maldita expressão de "eu te disse, eu te avisei, isto um dia ia acontecer". Fred achou que, apesar de todo o carinho que tinha por ela, era capaz de lhe dar uma porrada caso ela dissesse que a situação era *intrigante.* Para ele estava tudo muito evidente. Na lógica dos donos do supermercado, ele *fizera* na entrada, há dez anos, quando defendera os garotos. Agora tratavam de impedir que *fizesse* na saída. Nos dois casos não fizera mais do que cumprir com sua obrigação. Atuara como assistente de acusação no caso do segurança, agora defendia os interesses da família Gonçalves na justiça. Nada de mais, fizera e vinha fazendo o que precisava ser feito. Ponto. Ponto é o cacete: isso não funcionava para ele, não servia para preto. Preto tinha que ficar quieto, principalmente preto que quer subir na vida. Preto não pode defender preto, brigar contra branco. Preto tem que fingir que é branco, que concorda com branco, que quer ser branco, que *é* branco, mais branco do que os brancos, apesar da cor da pele, do cabelo pixaim. Preto tem que ser um preto direito, um escuro direitinho, como aquele do samba. Escurinho não pode ter mania de brigão. Preto tem que alisar cabelo, usar roupa de branco, se fazer de branco, rir de piada de crioulo. Fingir tão bem que até os brancos se esqueçam que ele é preto. Preto só pode entrar em briga pra defender branco, como os soldados que lutaram no Paraguai, como Fried que brigou para defender a bandeira brasileira, defender a pátria e a bandeira dos brancos.

Pela primeira vez, Fred teve vontade de jogar fora seu pedaço de pano verde.

Ordem e eficiência

A major Ferreira chegou animada ao trabalho naquela segunda-feira. Uma animação que aumentou ao confirmar que os dois PMs da 5387 continuariam prestando serviços internos, o comandante-geral cumprira o prometido. Bom sinal. A apuração do caso prosseguia, agora aditivada com as novas provas e indícios. Ela sabia que a questão da falta de testemunhas poderia até favorecer os réus em um julgamento civil, no Tribunal de Justiça. Lá, bons advogados vinham aproveitando a paranóia em torno da violência para conseguir a absolvição de policiais responsáveis por diversos crimes contra supostos bandidos. A ausência de testemunhas poderia garantir a liberdade daqueles dois patrulheiros, mas, na investigação interna, isto teria menor importância. Uma organização militar como a PM também sofria ingerências políticas, questões internas e externas influenciavam as decisões do comando. Mas, mesmo assim, a corporação podia ser mais rígida que a justiça civil, podia dispor com mais flexibilidade das provas, dos indícios — ainda mais em caso que era um típico exemplo do batom-na-cueca, uma evidência transparente, gritante. Não havia argumentos que justificassem uma marca de batom na cueca, não poderia existir uma outra explicação para o documentado *tour* tijucano da 5387.

Os patrulheiros seriam, pelo menos, expulsos da PM. Disso, ela tinha certeza. Menos dois de um lado, mais dois do outro. Mais dois homens que integrariam o cada vez mais numeroso e perigoso exército de ex-PMs, uma perigosa combinação de letras e hífen, de minúsculas e maiúsculas, que quase todas as semanas aparecia impressa em jornais ou pronunciada em rádios e TVs: ex-PM preso em assalto a banco, ex-PM flagrado em cativeiro tomando conta de seqüestrado, ex-PM acusado de integrar grupo de extermínio. Livres do peso da farda e repletos de contatos na corporação, eles representavam um explosivo grupo de risco. Em breve, a major estava certa, esta versão canhestra dos *soldiers of fortune* ganharia mais dois integrantes. Ao colaborar para a expulsão dos PMs, ela contribuiria para aumentar o contingente dos *ex*. O que fazer? Pelo menos eles não vestiriam mais azul.

A oficial decidiu que tentaria controlar a ansiedade, evitaria tocar no assunto com o comandante-geral. Fizera o que tinha que fazer, encaminhara a apuração ao seu superior. Tudo feito de forma discreta, achava que ele tinha acreditado na história do telefonema anônimo. O fato de os patrulheiros continuarem fora das ruas mostrava que o comandante-geral não vacilara, que iria insistir na história. Caberia a ela ficar quieta. Positivo e operante: ordem e eficiência, as palavras que a acompanhavam desde o início da adolescência voltavam a servir de balizas para sua atuação. Beatriz chegou a ameaçar um sorriso ao lembrar da reação de sua mãe quando era obrigada a ouvir a repetição daquele mantra adotado por sua filha: "Larga de ser chata, menina" — repetia dona Fátima cada vez que a filha autoritária cobrava a execução de uma tarefa na base do "ordem e eficiência". O jargão policial "positivo e operante" não deixava de ser uma versão de seu lema pessoal. Na dúvida, usava as quatro palavras. Sempre alerta, justificava, com outro chavão, a ex-bandeirante que se descobrira uma razoável zagueira depois do divórcio. Só não era melhor por causa do cigarro e a conseqüente falta de fôlego.

Ao abrir o computador, o primeiro revés do dia: atrcavalcanti informava que tivera problemas no trabalho, que gostaria de discutir alguns procedimentos com ela. Outro e-mail vinha da escola de João Lucas — sua presença era solicitada, a coordenação do ensino fundamental propunha um encontro para a discussão de assuntos relacionados com o desempenho escolar de seu filho. Reunião às 17h de quinta-feira. Cinco da tarde, quinta-feira. Eles acham que todo mundo tem tempo para sair de onde estiver e chegar ao Méier às cinco da tarde. Vontade de apertar a tecla responder e, como o filho, teclar naum enxe o sako!!!!!!!!!! naum vou pq eu trabalhu p kralio!!!!! Vo6 saum mto xatos!!!!!!! Escreveu que faria todo o esforço possível para comparecer à reunião e que, caso isto se revelasse impossível, seria representada por sua mãe, avó de João Lucas. Muito obrigada. Vaum si fud!!!!!! — a última frase foi deletada antes de clicar o enviar. Ela sabia o que teria pela frente caso conseguisse ir à reunião: João Lucas é um menino inteligente mas que apresenta resistências ao processo educativo, sua boa capacidade de apreensão é prejudicada por manifestações a nível cognitivo — a nível de eh o kralio!!!!!! — que obstaculizam — obstaculizam!, que porra de escola é essa!!!!!! — o processo de aprendizado. Não seria mais fácil dizer que o moleque é um pentelho que fala pra cacete e atrapalha a aula? Depois dizem que nós, da polícia, é que usamos muito jargão.

Mas o que acontecera com Fred? Esta apuração ficaria para mais tarde, talvez fosse possível sair um pouco mais cedo e passar por Botafogo antes de seguir para o Méier — "Méier, uma cidade...", repetia seu pai, que fazia questão de recordar o nome de um antigo programa radiofônico que louvava as belezas e o comércio do bairro, "... uma cidade longe pra cacete", retrucava a ainda adolescente Beatriz. Durante muito tempo Ambrósio sonhara em ouvir o nome de seu negócio — qualquer negócio — na voz potente e empostada do apresentador do programa. O programa acabou antes que seu Ambrósio realizasse mais esse sonho.

— Boa-noite, Scheyla... De volta ao batente, se recuperou rápido, hein? Pronta para mais uma batalha perdida?

— Puxa, dr. Fred, nem respeita uma senhora... Ainda sou capaz de dar aquelas aulas, garanto que você não iria se arrepender...

— Minha querida. Você atualmente só pode dar aula de como levar porrada.

— Babaca, ingrato. Apanho por causa de vocês e ainda sou destratada. Da próxima vez eu ajudo a acabar com esse muquifo.

O bom humor ficou na calçada: assim que entrou no Núcleo, Fred notou que Vladimir estava preocupado. Recebera várias ligações de lideranças do morro da Formiga. A comunidade amanhecera ocupada, PM pra todo lado. Nenhuma violência fora registrada, mas a tensão era grande. A mobilização policial era tamanha que sequer deu margem para uma tentativa de reação por parte dos integrantes do *movimento*. A operação era comandada por um capitão, um sujeito firme, educado até, porém de pouca disposição para conversa. Segundo o presidente da associação de moradores, o tal oficial limitava-se a repetir que a PM estava na comunidade para garantir a segurança e a tranqüilidade dos moradores, o direito de ir e vir, que a população deveria encarar o fato de forma normal e rotineira. Era apenas mais uma entre as tantas operações realizadas diariamente pela Polícia Militar de forma a preservar o funcionamento das instituições sociais.

— Tem merda aí — observou Fred. — É claro que esta ocupação tem a ver com a nossa história, com a conversa de minha amiga com o comandante da PM.

— Claro que tem. O morro tá cheio de X-9, cheio de P2. Eles devem estar procurando o nosso informante...

— E cadê ele?

— Deve estar bem longe, espero que ele esteja bem longe. O foda é que o longe desses caras é pertinho, só conseguem ir até Cabo Frio.

— Tomara que ele esteja fora do estado. Agora é melhor que ele nem apareça, só iria complicar tudo. Bem, vamos ficar atentos, eu tenho que correr para casa, passei por aqui só para dar um alô, saber como estavam as coisas.

— Reunião do alto comando?

A pergunta ficou sem resposta. Fred limitou-se a forjar um sorriso.

O encontro com Beatriz seria rápido. Ela não poderia dormir em Botafogo — problemas com os pais, com o filho...

— ... e com o Espírito Santo... — completou Fred.

— Como assim?

— Com a PM, meu amor. A Polícia Militar é que completa sua Santíssima Trindade.

— Neste caso, você seria o quarto, estaria, portanto, de fora — disse Beatriz depois de engolir mais um pedaço insosso de uma lasanha comprada pronta e que acabara de ser descongelada.

— Eu devo ser aquele que tenta, que atrapalha a sua santidade, sou o demo, o coisa ruim. A Igreja sempre olhou para os negros com desconfiança, você sabe.

— Deixa de besteira, Fred. Estou preocupada com você, essa história do supermercado, de você perder o caso. Isso é chato, é meio complicado, não?

Fred fez que sim. Que vinha apostando muito naquele processo. Um caso bom para aumentar seu prestígio no escritório, que poderia dar um bom dinheiro, reforçar seu nome no mercado. Quem sabe ali estaria o empurrão necessário para que enfim tomasse coragem de abrir seu próprio escritório? Sua chance de não ter mais patrão — classificar o Honório de senhor de escravos seria um exagero, mas, na prática, ele, Fred, era mais um negro que trabalhava para brancos. Estava meio cansado de cuidar apenas dos processos medianos. Processos importantes, que garantiam a subsistência do escritório, mas que não representavam mais nenhum grande desafio. Eram seus os clientes fixos, espécie de correntistas, que pagavam quantias mensais, que tinham casos crônicos a resolver. De vez em quando um desses pacientes precisava de um atendimento de urgência, um pólipo aqui, uma virose acolá. Casos agudos que quase invariavelmente iam parar nas mãos do dr. Frederico. Era mais do que hora de investir em processos maiores, mais abrangentes. Casos em que atuasse como maestro e solista, que mostrassem sua capacidade de mexer na intensidade das notas e no andamento da execução. Sinfonias arriscadas, daquelas que fazem tremer músicos e regentes veteranos. Casos, enfim, que envolvem muito dinheiro. Daqueles que o cliente, quando vitorioso, olha para o advogado como quem mira o cirurgião que o livrara de uma doença terminal. O processo da rede de supermercados era um desses. E ficaria assim, conjugado no passado — *era* um desses. Não lhe pertencia mais, ficara com o Freitas. Com o dr. Carlos Eduardo Freitas, branco, quase louro, bem-nascido, amigo de infância do capital, sem nenhuma passagem por ONGs de pretos e pobres. No máximo, uma simpatia quase militante, ainda na universidade, por uma corrente política mais à esquerda. Longe de atrapalhar, isto hoje servia até como mais um lustro naquele currículo impecável e elegante, que parecia ter sido produzido na mesma loja onde ele comprava seus ternos, camisas e gravatas.

— Na boa, Beatriz. Não é racismo, sei que não é, o Honório não seria sacana a esse ponto. Mas, caramba, não dá pra negar que isso também tem a ver com racismo. Por ser negro, eu defendi os crioulinhos que fizeram merda na porra da mercearia. Se eu fosse branco como o Freitas, nascido e criado em Ipanema, eu nunca que iria me meter com aqueles pivetinhos, que ninguém nos ouça. Portanto, não teria feito aquela assistência de acusação, não estaria na porra do Núcleo, não teria perdido o caso. Merda. Mas também, nesse caso, eu não seria eu.

Beatriz se levantou, deu a volta na mesa, abraçou Fred pelas costas, o arrastou para o quarto. Uma boa trepada, uma rapidinha que fosse, sabia, seria a única forma dele calar a boca.

Colunável

A major Beatriz Ferreira, Relações-Públicas da PM, vai trocar o Méier pela Europa. A bela oficial foi escolhida pelo comando da corporação para fazer um curso de especialização de um ano na França. A oficial é aquela que causou furor ao posar para uma foto no telhado do QG da PM. A, com todo o respeito, gata da corporação vai poder miar sobre telhados mais nobres. Deve ser duro trabalhar numa repartição que trata tão mal assim seus funcionários...

— Filhos-da-puta! — Beatriz jogou o jornal contra a parede, repetia as palavras e o gesto de quando vira a capa da tal revista que publicara sua foto. A reação causou espanto em seu pai, que consultava a página de índices econômicos, e surpresa no filho, que arregalou os olhos e deixou escapar um "Caraca!" ao ouvir a mãe soltar um palavrão à mesa.

— O que foi, minha filha? O que aconteceu?

— Olha só essa nota aqui na coluna.

Ambrósio recolheu o jornal sobre a mesa, vasculhou a página indicada até encontrar o nome da filha, em uma nota intitulada "Uh-la-lá".

— Você não contou nada que iria para a França... Parabéns, minha filha, isto deve representar uma promoção. Fátima, vem ver isto aqui, nossa filha vai para a França!

— Não quero ir para a França, não, mãe — gritava João Lucas, com a boca cheia de pão. — Não vou não. Pô, aqueles caras ficam fazendo bico pra falar, vão dizer que sou bichinha. Tô fora, quero ir pros Estados Unidos, quero ser soldado americano, jogar bomba em iraquiano.

As intervenções pioraram o humor de Beatriz, que tentava colocar ordem na sua cabeça e nas reações do filho e do pai.

— João Lucas, fica quieto! Pai, eu não contei porque eu não sabia de nada. Esses canalhas estão querendo é se livrar de mim.

Antes de terminar a frase, o celular de Beatriz tocou. Era Fred, que ligava de um orelhão.

— Major, é Cavalcanti. Que história é essa que saiu no jornal? Você não falou nada.

— Acabei de dizer pro meu pai, não falei pra ele nem pra você porque eu não sabia. Isto é uma sacanagem, Fred, eu sequer me inscrevi. — Beatriz notou que deixara escapar o nome do advogado. — Desculpe, eu estou muito nervosa. Vou agora para a PM, tenho que descobrir o que aconteceu.

— Você não sabia de nada?

— Claro que não. Isso saiu lá pelo comando. Como é que o jornalista ia saber que eu moro no Méier? É melhor não falar muito... O telefone... Vamos conversar mais tarde, tá?

Enquanto vestia a farda, Beatriz pensava no que poderia ter acontecido. Tudo parecia ir bem, a apuração do caso dos garotos caminhava — havia duas semanas que não tratava do assunto com o comandante, a investigação estava sendo tocada com discrição, não seria possível que aquela nota estivesse relacionada com o caso.

Ao sair de casa, ainda ouviu seu pai dizer para a mulher algo como querida, prepare as malas, vamos para a Europa.

— Sei não, sei não, pode ser a hora da grande tacada. Quem sabe não consigo montar um esquema de importação de cachaça? Esses gringos são loucos por caipirinha...

No QG, Beatriz soube que o coronel Eglédio só chegaria às 11 horas. Resolveu trancar-se em sua sala enquanto esperava, não queria conversar com ninguém, não desejava ouvir perguntas para as quais não teria qualquer resposta: França? Curso? Desde quando você sabe?

— Não estou pra ninguém, por favor, me avise quando o comandante chegar — limitou-se a dizer para o capitão Pinheiro. As horas daquela manhã se arrastaram entre cigarros, o som de um programa de uma rádio popular ("Bom-dia, minha querida amiga da Pavuna...") e trocas constantes de canal da TV: noticiário internacional, fofocas sobre vida de artistas, desenhos animados, receitas de bolo e modos de fazer lindos arranjos florais...

Por volta das 11h15, foi avisada de que Eglédio chegara. Ela foi direto para o gabinete dele: não precisou aguardar para ser recebida, o comandante parecia esperá-la.

— Bom-dia, comandante. O senhor me desculpe, mas, por favor, aquela nota que saiu no jornal. Aquilo é verdade?

— Eu queria dar a notícia pessoalmente, mas a senhora sabe como são esses jornalistas. É impressionante, eles descobrem tudo, são grandes estraga-prazeres. Não conseguimos sequer fazer uma surpresa, dar uma boa notícia para uma oficial brilhante.

— Comandante, eu não pedi para ir para lugar nenhum, estou bem aqui na PM-5. Eu agradeço a deferência, mas, por favor, eu não quero ir para a França. Não agora, pelo menos. É uma mudança muito grande, eu preciso me preparar, melhorar meu francês, negociar com meu filho...

— Eu esperava um pouco mais de entusiasmo, major. A senhora sabe que esse curso de aperfeiçoamento é muito disputado aqui na PM. A senhora mesma já tinha comentado que pensava em se candidatar a uma vaga. Eu quis fazer uma surpresa, como comandante-geral eu posso bancar a inscrição de um oficial, abonar sua ficha. E foi o que fiz. Na verdade, as inscrições estavam encerradas, mas um dos escolhidos, o tenente-coronel Emiliano, foi obrigado a desistir por problemas na família. Eu tive que indicar um substituto, e imediatamente pensei na senhora. Eu me empenhei pessoalmente para garantir a vaga para a senhora, acho que é o momento de dar novas chances para as mulheres, garantir a ascensão desta parcela tão importante da nossa corporação.

A gentileza do comandante arrefecia o ânimo da major. Ela não sabia o que dizer. Tinha consciência de que estava sendo caroneada, colocada para escanteio. Mas, ao mesmo tempo, não podia reclamar de forma acintosa pelo fato de ter recebido um prêmio. Uma viagem disputada, receberia diárias em dólar — melhor, em euros. A esta altura, haveria quem estivesse dizendo que ela tinha um caso com o comandante. Fora promovida a major havia pouco menos de um ano, era muito cedo para ser aquinhoada com um curso no exterior. Ela não se entregaria tão facilmente, tinha que descobrir o que acontecera. Que se danasse o comandante-geral, a PM.

— Comandante, desculpe a insistência. Mas eu preciso saber o que houve. Sei o quanto este curso é disputado, eu realmente até já havia pensado em concorrer a uma vaga, mas... comandante, eu sequer me inscrevi...

— Como eu acabei de dizer, major, na condição de comandante, eu posso indicar um nome — a voz do coronel demonstrava impaciência.

— Certo, comandante. Mas, há algum outro motivo para isto? Fiz alguma coisa errada, cometi algum erro?

— Major, erros geram punições ou mesmo transferências para locais inóspitos, o que não me parece ser a região de Lyon. Por favor, seja razoável: a senhora vai para a França, não para o batalhão de Nova Iguaçu.

Sem dar tempo para uma resposta, completou:

— Sua exoneração da PM-5 vai estar na edição de amanhã do boletim interno. O tenente-coronel Carvalho vai substituí-la na função. O curso na França começará em três semanas. Em consideração aos excelentes serviços que a senhora vinha prestando, a senhora poderá tirar uns 15 dias para resolver seus problemas particulares, tirar passaporte, aquelas coisas. Seria interessante a senhora comparecer ainda hoje à divisão de pessoal para acertar detalhes burocráticos. Desejo, sinceramente, que a senhora faça um bom proveito da temporada européia. Agora, por favor, eu tenho que ir à Secretaria de Segurança. Bom-dia.

Beatriz se levantou da cadeira, respondeu ao cumprimento com uma continência e se virou em direção à saída do gabinete. Já encostara a mão na maçaneta da porta quando ouviu o chamado do coronel Eglédio.

— Sim, comandante.

— Por favor, acredite. Esta decisão é para o seu bem, para o bem de sua carreira. Talvez possamos, depois, conversar melhor sobre este assunto. Mas, confie em mim, esta é a melhor solução. Eu não costumo mentir, major.

A major se limitou a olhar para o comandante. Saiu da sala sem fazer qualquer outro comentário. Antes de voltar para seu gabinete, parou no jirau e acendeu um outro cigarro. Logo depois, recebeu uma ligação de Cordeiro. A voz do amigo parecia mais grave e pausada que o habitual.

— Preciso falar muito com você, você pode almoçar comigo hoje?

Dossiê

A major passou rapidamente em seu gabinete, trocou de roupa, avisou a Pinheiro que precisava sair, toma conta disso aqui pra mim, por favor. Cinqüenta minutos depois ela estava com o coronel Cordeiro em um restaurante na rua Silva Rabelo, esquina da Constança Barbosa, um dos vários que existem naquela zona mais ou menos boêmia do Méier. Eles se sentaram em uma das mesas da varanda envidraçada, pediram ao garçom para descer a cortina japonesa, não queriam ser vistos da rua. Cordeiro parecia constrangido, inquieto. Falou da França, quem me dera poder voltar lá, um país maravilhoso, você vai adorar, vai ser bom pra você, para sua formação, é mesmo uma grande chance.

Beatriz sabia que ele não a convocaria com tanta urgência para repetir obviedades sobre a França.

— Amigo, você não me chamou aqui para dizer que a Torre Eiffel é bonita...

— Infelizmente não, Beatriz. Adoraria ficar aqui falando de Paris, mas não é por isto que estamos aqui.

Constrangido, pedindo desculpas pelo gesto, Cordeiro entregou a Beatriz um envelope. Dentro, a cópia de um relatório produzido pela P2 e uma carta anônima.

— Acho que agora você vai entender o porquê da viagem, de sua saída da PM-5. Este negócio é nojento, fico envergonhado de lhe entregar isto. Mas isso tá passando de mão-em-mão entre os oficiais. Tá todo mundo sabendo, minha querida major. Eu falei pra você que a barra era pesada, que não dava para brincar com esses bandidos. Eu dei sorte, peguei uma época mais tranqüila. Tinha sacanagem, não vou dizer que não tinha. Mas era mais calmo, se era...

Beatriz pouco conseguiu ouvir os comentários do amigo. Sua atenção era sugada pelo conteúdo do relatório, um levantamento preciso, redigido em uma linguagem que incorporara jargões utilizados nos informes dos órgãos de espionagem do regime militar. Tudo muito lógico, esquemático, preciso. O formato poderia indicar um documento de inteligência sobre alguma poderosa quadrilha de traficantes ou assaltantes, mas todo aquele esforço fora apenas para ver o que uma oficial da PM fazia em suas horas de folga. Não se apontava nenhum chamado desvio de conduta, nenhum crime. Mas o que havia ali era suficiente para complicar toda sua vida na corporação. A major tinha certeza: um levantamento como aquele não seria produzido sem autorização de um oficial, alguém com patente superior à sua — os coronéis com quem brigara davam o troco.

Em suas oito páginas, o relatório da P2 apontava o relacionamento da oficial com um "adversário da corporação". Estava tudo lá: encontros, transcrições de telefonemas, fotos da major Ferreira entrando à noite no prédio em que Fred morava e saindo apenas pela manhã. Evidências de que fora por ele, Fred, que ela obtivera informações que levariam a PM a suspeitar dos patrulheiros do Sexto Batalhão — a ligação de Vladimir para Fred também havia sido grampeada, ficava claro que ela mostrara as imagens com a movimentação das patrulhas na Tijuca para alguém que não pertencia à corporação, para um "inimigo da PM". O documento também insinuava que fora Ferreira a responsável pela entrega a uma emissora de TV das imagens que mostravam policiais militares recebendo dinheiro de traficantes do Borel. A carta que acompanhava o relatório não passava de um panfleto mal redigido. O texto enfileirava rajadas de xingamentos, atirados de forma desordenada no papel:

— Piranha filha-da-puta, traíra, putinha de crioulo safado. Dedo-duro, vagabunda.

A repercussão do relatório fora imediata, disse Cordeiro. Cópias do documento, acompanhadas da carta, começaram a circular nos batalhões.

— Um amigo me passou ontem uma cópia disso aí. Ele recebeu este lixo há uns dois dias. Eu pensei em ligar logo pra você, mas faltou coragem. Hoje, quando vi a nota no jornal, entendi tudo. Desculpe, eu deveria ter telefonado.

Beatriz não respondeu. Sequer conseguia encarar o amigo. O rosto estava virado para a rua, para os filetes de rua que invadiam as frestas na cortina e alcançavam seus olhos, luz que desenhava listras em seu rosto e nas paredes do restaurante. Uma luz forte, chapada, sem nuances: era o início de tarde de um dia de verão carioca, uma luz que doía nos olhos, que se impunha à cortina, à proteção do ar-condicionado. Uma luz que destacava as lágrimas que escorregavam pelo rosto da oficial. Pela primeira vez em muitos anos, Beatriz se permitia chorar em público. Um choro discreto, denunciado pelas lágrimas que escorriam em silêncio, desacompanhadas de soluços.

— Eu não fiz nada de errado, Cordeiro. Não traí a PM, não inventei nada. Eu descobri uma sacanagem e fui correndo contar pro comandante, não fiz nada de errado — repetia.

— Essa história de dizer que fui eu que passei as imagens da mineirada no Borel é mentirosa, não fui eu. Cheguei a falar com os oficiais da P2, consultei o comandante, mas ele foi contra. Nunca desrespeitaria o Eglédio, você sabe disso. Ele nunca tinha me sacaneado, não iria armar pra cima dele, você sabe disso. Tá certo, eu menti pra ele. Inventei que tinha recebido por telefone, uma ligação anônima, a informação sobre a entrega dos garotos na Formiga. Mas não foi por mal, eu precisava ter uma desculpa para contar a história — nesse momento, ela se lembrou do comentário feito pelo comandante-geral poucas horas antes ("Eu não costumo mentir, major").

— Eu sei, minha filha, eu sei. Eles, os filhos-da-puta que fizeram isso, você me desculpe os termos, um homem como eu não poderia falar assim, esses bandidos que fizeram isso sabem que você não agiu errado. Mas eles sabem que só o fato de você namorar este rapaz complica sua vida. Eles sabem disso, não é à toa que eles usam esse tipo de recurso, eles sabem que isso cai feito uma bomba na tropa, na oficialidade. Você é mulher, jovem, bonita, e, pior, você é honesta. Este negócio de honestidade é muito complicado, você sabe... — Cordeiro sorriu.

— Obrigada, meu amigo. Mas, e agora, Cordeiro? O quê que eu posso fazer?

— Sinceramente, não sei. Acho que não há muito o que fazer.

— Eu vou ver o que vou fazer. O pior é que não tenho muito tempo.

— Vou orar muito por você, minha querida. Mais ainda do que já tenho feito. Confie no Senhor, ele saberá indicar um bom caminho para você.

Ritmos

— Fred? Sou eu, Beatriz.

— Beatriz? — Fred não escondia o espanto ao perceber que sua namorada se identificara e o chamara pelo nome. Pior: ela ligara do telefone da PM, o número piscara no visor do seu celular. — Beatriz, o telefone... Não é melhor você mandar um e-mail?

— Não precisa ter cuidado, não, Fred. A casa caiu, meu amor. A gente não precisa esconder mais nada. Você me leva na Lapa hoje? Preciso começar a me despedir do Rio.

— A casa caiu? Como assim? Não tô entendendo. Tem a ver com a história do curso na França? — Fred tentava juntar pedaços, encaixar peças, organizar as informações que lhe apareciam dispersas, carentes de sentido.

— Fred, eu explico tudo mais tarde. Você pode me pegar em casa? Às dez, pode ser?

Foi o terceiro susto do dia: primeiro, a nota no jornal; depois, o telefonema explícito, descuidado; agora era a visão de Beatriz que o deixava perplexo. Cabelos soltos, sandálias altas ("Comprei hoje, você gostou?"), saia florida, blusa de malha verde que lhe ressaltava os seios, um colar de bolas brancas emoldurando o pescoço. Na boca, um batom vermelho, mesma cor das unhas ("Esmalte vermelho? Hoje tem", espantara-se Nilza) substituía os tons discretos que ela costumava usar.

— Tô bonita?

— Você tá linda, Bia — Fred gaguejava. — O quê que houve? Quê que aconteceu?

— Não aconteceu nada, querido. Melhor, aconteceu muita coisa. Aconteceu tudo, e eu não posso fazer nada, não tenho como mudar nada do que foi decidido. Dancei, Fred. Dançamos, eu e você. Perdemos, perdemos. E agora, só nos resta ir pra Lapa. No caminho eu explico pra você. Ah, Fred, antes que eu me esqueça: é meio ridículo perguntar isso depois de tanto tempo juntos, é absurdo que eu não saiba. Mas é importante perguntar: você sabe dançar, meu amor?

Fred não sabia, ela constatou pouco depois, enquanto evoluía pela pista de dança daquele casarão misto de antiquário e casa de shows. Diante do palco, Beatriz tentava impor algum ritmo ao namorado, dois pra lá, dois pra cá, é simples. Mas Fred errava os passos, o um-dois, um-dois, tão simples aos pés de Beatriz, lhe chegava complexo, misterioso, indecifrável, eu falei que não sabia dançar. Pouco importava: Beatriz sabia, meu pai me ensinou, não falei que ele ia muito à Elite do Méier? Fred não imaginava que aquela mulher, tão dura, tão ciosa de seus gestos e palavras, ordem e eficiência, fosse capaz de deslizar assim, de mexer os quadris em um movimento que se expandia e contraía, que se ameaçava largo e se revelava contido, as coxas que se enroscavam sob a saia florida, os pés que traçavam pequenos riscos no assoalho. Episódio relicário, sonho genial, penso na minha escola, poetas da minha Estação Primeira, ensaboa mulata, ensaboa, iremos achar o tom, um acorde com um lindo som: um beijo longo no meio da pista.

Beatriz o abraçou e o beijou logo depois que ele fechou a porta do apartamento. A sala quase vazia facilitava seus movimentos: o desabotoar a camisa de Fred, o retirar saia e blusa, o jogar sandálias para o alto. Hoje vai ser aqui — ela não falava, ordenava em silêncio: as determinações vinham em forma de beijos: na boca, no pescoço, na orelha; de gestos como o de esfregar as mãos na bunda, na virilha, nos pêlos, em todo o corpo de Fred. Enroscavam-se no chão, no tapete, empurravam e derrubavam cadeiras; lambiam-se, dançavam enfim no mesmo compasso. Foda-se o um-dois, um-dois, fodam-se a ordem e a eficiência; fodam-se a cama, a janela aberta, o os vizinhos podem ouvir. Foda-se o filho-da-puta que tá lá fora vendo, fotografando, filmando. Foda-se o corno que gravou nossa conversa, ele que ouça nossos gritos, meus gemidos. Ele que morra de inveja, que se masturbe, que imagine, que sofra: o que será que ela tá fazendo, onde estarão suas mãos, sua boca? Por onde ela passa a língua, que gosto ela tem? Esse gosto não é pra você, dedo-duro, covarde, viado, babaca, espião de merda. Você nunca vai sentir meu gosto, eu nunca vou sentir o seu, você nunca vai saber onde ponho a mão, a boca. Não é pro teu bico, não é pro teu pau. Seus olhos não verão meus seios, não vão saber como me contorço agora, quando eles estão sendo lambidos e chupados. Seus dedos não vão me tocar, não vão saber como estou molhada, encharcada. Você nunca vai entrar em mim assim, desse jeito, devagar, devagar, aí; você não vai meter, não vai mexer, me balançar. Você nunca vai me virar como agora ele me vira, não vai dizer para eu ficar de quatro, encostar nas minhas coxas, botar as mãos nos meus ombros, morder minha orelha, bater na minha bunda, passar as mãos nos meus peitos, alisar os bicos dos meus peitos, você não vai abrir minhas pernas. Você nunca vai gozar do jeito que eu e ele gozamos agora.

IPM

Três dias antes de embarcar, Beatriz soube do desfecho da apuração sobre o caso dos assassinatos dos jovens do Borel. Por falta de provas, os dois PMs foram considerados inocentes da acusação de seqüestro. A investigação, rapidíssima para os padrões da polícia, levara em conta os indícios que a oficial levantara. O CD com as imagens do trajeto da 5387 foi analisado, a hipótese de culpa dos patrulheiros não tinha sido descartada de início. O problema, apontou o responsável pela investigação, era a falta de testemunhas de acusação: os PMs tinham um bom álibi para sua presença no morro, a história de uma festa, um churrasco bancado por traficantes em que estaria havendo consumo de drogas em vias públicas. Não fora difícil para o advogado dos policiais conseguir testemunhas que aceitassem transformar em fato um episódio que até então só ocorrera na imaginação dos acusados: elas contaram detalhes do churrasco, da festa, da distribuição de cocaína para alguns moradores. A versão dos PMs para o passeio da 5387 era a única confirmada por pessoas com nome, idade, profissão e endereço. Era, portanto, a que valia.

A versão era também favorável para a quadrilha que dominava o morro, seus integrantes colaboraram com o advogado dos policiais na tarefa de encontrar moradores dispostos a depor: a ocupação da Formiga pela PM, ocorrida no dia seguinte ao encontro de Beatriz com Eglédio em Camboinhas, sufocara a venda de drogas, interrompera por alguns dias o comércio de maconha e cocaína, complicara a vida dos responsáveis pela *firma*, pelo *movimento*. Isto, fora as prisões, as intimidações e agressões a moradores. Para que a vida voltasse ao normal, era preciso que a polícia saísse logo dali, era importante restabelecer o equilíbrio na comunidade, tem que tirar esses vermes daqui, porra. A realização do churrasco na noite de domingo e madrugada de segunda foi confirmada com a mesma convicção usada pelos moradores para negar que uma patrulha da PM tivesse levado três rapazes para o morro.

Os acusados acabaram sendo advertidos por terem partido para uma operação de risco sem a devida comunicação ao Centro de Operações, uma falha de procedimento. A punição, uma pequena mancha na ficha de ambos, era uma forma de dizer cuidado, estamos de olho, vocês escaparam dessa, mas na próxima poderão ser pegos. O resultado da investigação da PM praticamente definia os rumos do inquérito policial. A menos que houvesse um fato novo, dificilmente o Ministério Público conseguiria impedir que o delegado empurrasse a investigação para a direção do arquivo.

O inquérito da polícia civil que investigava a invasão do Núcleo e as agressões em Scheyla se arrastava. "Você parece maluco, onde já se viu prender PM por causa de traveco e crioulo? Eu, hein, bicha burra..." — Fred era obrigado a admitir, Scheyla tinha razão. Pior foi descobrir que um dos PMs acusados no caso do Borel, conseqüentemente suspeito da invasão do Núcleo, era filho do Onofre, seu amigo de infância, aquele "pretinho, bom menino", segundo dona Elza.

— Liga não, seu bobo. O mundo é assim mesmo, bicha dá porrada em bicha, crioulo enche crioulo de porrada. Um deve ficar com raiva de ser viado; o outro, com raiva de ser preto. Deixa eles. Eu não tenho problema nenhum em ser uma mulher, uma mulher genérica, mulher de tromba, mulher com vírgula; mas mulher. Uma mulher que adora um negão. Pena que você seja tão careta...

Túnel

Buzinas, buzinas. O mundo não existiria sem elas. Pelo menos o Rio de Janeiro não seria possível sem a possibilidade de se premer aquele pedaço de plástico emborrachado colocado no volante, ao alcance do polegar. Uma espécie de chave mágica, de tecla da felicidade que anuncia ao mundo que o motorista existe; algo que o individualiza, o destaca daqueles babacas que ficam assim, parados, sem fazer nada diante dos absurdos do trânsito. Eu, não. Eu tenho coragem de buzinar, de metaforicamente gritar, saiam da frente, seus merdas! Eu quero passar, eu preciso passar, eu vou passar! Eu sou foda, não tenho paciência. Eu vou passar.

Fred ainda não se acostumara com a polifonia de buzinas que lhe chegava aos ouvidos a cada manhã. Em Piedade havia poucas buzinas. Eram outros os ruídos que lhe incomodavam: os latidos dos cachorros da vizinha, a gritaria dos jovens que voltavam do baile do River. O pior mesmo era nas madrugadas de sábado. Madrugadas que duravam pouco — que madrugada pressupõe silêncio e recolhimento, elementos ausentes daquelas madrugadas, pelo menos, a partir das 3h, 4h, quando começava a montagem da feira da rua Belmira, ali quase embaixo da janela do seu quarto. Era quando o nada ou quase-nada era quebrado por plocts e plects de martelos que ajudavam a montar as barracas, pelos plafts das madeiras retiradas das carrocerias de caminhões barulhentos e jogadas nos paralelepípedos da rua. Silêncio também invadido pelos gritos carregados de sotaque português que entravam no quarto. Os palavrões de uso restrito naquela casa agora passeavam pelos ares, ocupavam seus lugares, violavam as janelas. Palavrões que chegavam adocicados, parecendo felizes por se notarem pronunciados com os sotaques de quem os criara, do outro lado do oceano: putaquevuspariu, cârailho, queres me fodeire? Os sons dos palavrões pontuados pelos ruídos de pregos nas madeiras, de madeiras jogadas ao chão formavam uma trilha sonora particular, a das madrugadas de sábado.

Barulhos que o fariam detestar feiras livres, "manifestações comerciais medievais e anacrônicas, incompatíveis com a lógica da modernidade e civilidade": eram esses os termos de uma petição que, ainda na faculdade, tentara encaminhar. Uma proposta que seria levada à região administrativa, um abaixo-assinado para acabar com as feiras-livres que tanto o incomodavam. Uma proposta malsucedida, nem mesmo seus vizinhos quiseram saber dela. Gostavam da feira, da confusão, da possibilidade de pechinchar preços, de testar a consistência de tomates e mamões. A feira também possibilitava a hora da xepa, ali, por volta do meio-dia, quando os feirantes promoviam uma liquidação de seus estoques. Hora em que os preços desciam, hora de encher os carrinhos ou mesmo as bolsas listradas, de lona ou de plástico. Os vizinhos de Fred gostavam da feira, gostavam de ouvir música alta, de xingar os filhos aos berros no meio da vila. A roupa suja da cuja se lava no meio da rua, resumiria Chico Buarque. Anos depois, com a chegada de carros e mais carros, aqueles mesmos vizinhos transformariam calçadas em estacionamentos, o subúrbio da infância de Fred ia-se tornando cada vez mais agressivo e estranho, pelo menos para ele. Era como se, aos poucos, se tornasse estrangeiro em seu bairro, em sua rua.

Tão estrangeiro quanto já se sentira ao caminhar pela zona sul: uma vez pediu à sua mãe para comprar roupas em Copacabana; eram melhores, mais bonitas, modernas. D. Elza resistira — "Não conheço as lojas, me perco nas ruas, não me sinto bem por lá, as pessoas são muito bestas" —, mas o filho insistira, levaria o Beto, ele às vezes compra as roupas dele lá. Aos 12 anos queria conhecer outro mundo, sentia que dali a não muito tempo iria migrar, precisava, nem que fosse assim, aos poucos, conhecer aquele terreno. Um terreno hostil, bem que sua mãe avisara — "Não volto mais aqui." Foram quase ignorados nas lojas, sua mãe tinha que insistir para ser atendida. Notou que vendedores se dirigiam inicialmente para o amigo. Beto era claro, tinha cabelos castanhos. Fred, de cara, não entendeu o que se passava: não, sou eu que quero comprar. No 455, a caminho do Méier, onde pegariam o 606 ou o 234 para Piedade, entendeu. O silêncio triste de sua mãe, pontuado por insistentes não volto mais aqui, explicava o que ocorrera. Sua mãe fora vista como a empregada que leva o filho da patroa — o Beto! — para as compras.

Anos depois, tantos anos depois, Fred ainda não reconhecia aquelas buzinas como suas, como parte de sua vida, de seus sons, mas sabia que isto era uma questão de tempo. Seriam incorporadas, como um calo, como aquela coceirinha crônica e chata nos dedos dos pés. Havia muito que saíra da casa do pai, quase vinte anos. Morara em Vila Isabel; depois no Catete, no Largo do Machado; dividira um apartamento em Laranjeiras, de onde saíra para um quarto-e-sala no Flamengo. Se acostumara com os novos ruídos, com as novas paisagens. Pelo menos duas vezes por mês ia visitar o pai, cumprimentar vizinhos — a maioria não saíra dali. Comia então aquele mesmo feijão, arroz e bife acebolado da infância, ouvia os gritos das crianças, filhos dos seus amigos; quase podia tocar no som alto, substantivo, fruto de uma mixagem anárquica do que era expelido pelos rádios e CD players das casas e carros, estes estacionados com bagageiros e portas abertos — pagodes, raps, canções sertanejas e baianas, trilhas de novelas. Todos ouviam tudo, um universo que parecia imprensado pelo sol de três da tarde, pela brisa que vinha quente e que ajudava a levantar as pipas dos meninos e dos marmanjos.

Dali, naquele sábado, voltaria para casa, como sempre, pela Arquias Cordeiro. Passou bem perto da casa dos pais de Beatriz, onde àquela hora, dona Fátima já teria lavado a louça do almoço, ligado a televisão e cochilado. Seu Ambrósio estaria na varanda, cercado de jornais, esquadrinhando possibilidades de investimento. João Lucas, claro, no computador, dialogando com amigos invisíveis, batucando palavras de grafia peculiar e imperscrutável. Talvez ele estivesse falando da mãe, da saudade da mãe que viajara havia quase cinco meses. Talvez comentasse também sobre a vontade de reencontrá-la, da ansiedade em vê-la, e do medo do desconhecido. Dali a um mês ele também iria para a França, encontrar a mãe. Ficaria lá apenas seis meses, perderia o ano na escola aqui, mas tudo bem, ia ser legal ficar um pouco na Europa, passar o inverno por lá, vou ver neve, caraca!

E Fred atravessou o viaduto do Méier, pegou a Hemengarda, a Marechal Rondon. Adiante teria a Radial Oeste, a praça da Bandeira, e mais o Santa Bárbara, e logo chegaria a Botafogo. Mais que um trajeto, aquele caminho contava um pouco de sua história, o percurso que o levara de Piedade à zona sul. Mas, naquela tarde, a vontade mesmo era de ir para o Galeão, de pegar um avião, fugir assim desse frio no peito, vontade mesmo de ir ver Beatriz. Saudade, saudade. Tenho impressa no meu rosto/ E no peito, lado oposto ao direito/ Uma saudade. Saudade do subúrbio de sua infância, do jogo de bola na rua, dos passeios com seu pai, das idas ao zoológico, ao estádio das Laranjeiras, do frango dominical comprado perto do Mercadão de Madureira. Saudade de sua mãe, saudade de Carolina, saudade de Beatriz. Essa, pelo menos, era uma saudade que poderia ser saciada. Beatriz estava a apenas poucas horas de vôo, ele tinha dinheiro para a passagem, era melhor que fosse antes de João Lucas. Este, coitado, levou um susto ao conhecer aquele amigo — namorado? — da mãe. Não falou nada, mas achou esquisito ver aquele mulato que de vez em quando abraçava sua mãe, isto na festa em que ela se despediu de alguns poucos amigos, mesmo alguns da PM. Apesar do susto, a conversa com João Lucas não deixou de ser animadora. O garoto pareceu gostar — gostou mesmo, lhe diria Beatriz, depois — da proposta de irem juntos ao Maracanã. Fora ao estádio apenas uma vez, com o pai, isso já fazia alguns anos, dois ou três. Fred se deu conta de que até então jamais admitira João Lucas na sua história com Beatriz. O segredo da relação justificava a exclusão de João Lucas da vida do casal, mas não explicava sua ausência dos planos, dos poucos planos que então faziam. Fred talvez temesse a reação do pai do garoto, um PM barra-pesada e violento que tenderia a não gostar da relação do namorado de sua ex-mulher com o seu filho. Por ele, Beatriz não teria qualquer outro relacionamento, ainda mais com um negro. Um negro que vivia dando porrada na PM, denunciando seus crimes. Mas Fred agora aceitava que, no fundo, temia que a aproximação com João Lucas representasse uma espécie de traição ao seu próprio filho, um filho muito desejado, mas de concepção sequer prevista para os próximos meses ou anos. Um filho idealizado, tão idealizado que se fazia real, o filho que eu quero ter, como na música de Vinicius e Toquinho — chegava a chorar quando a ouvia. Tratar João Lucas como filho seria assim uma traição ao filho sonhado, uma quase-decretação de que este jamais seria concebido, jamais nasceria. A visão do Maracanã pelo pára-brisa do carro, pouco antes de pegar a Radial Oeste, ajudou na decisão: dali a uma semana haveria um Fla x Flu, enfim chamaria João Lucas, claro que ele poderia convidar um amigo, ou mesmo o avô. Mais: iria na torcida do Flamengo, para satisfazer o garoto. Filho de PM, tinha que ser Flamengo...

Ao pensar em João Lucas e no medo de trair um filho que não tinha, Fred admitiu que aquela não era uma situação nova em sua vida. Cultivar um filho imaginário seria talvez a melhor forma de não ter filho nenhum, nem mesmo um enteado. "Você não muda, Fred" — de novo, a voz de Carolina surgia em seus ouvidos. Abrir mão do que havia em nome do que não existia era uma quase constante em sua história. Ali, no carro, pela primeira vez, reconhecia que a clandestinidade em que vivera o namoro com Beatriz lhe fora confortável, mas covarde. Admitia também que fora covarde com Carolina. Você tinha razão, Carolina: perdi você porque não tive coragem, preferi alisar minha vida, aparar as arestas, contornar os obstáculos. Você era forte demais pra mim, decidida demais, firme demais. Eu queria caminhar, passo a passo, você queria voar; mais, Carolina, você queria que a gente pulasse no abismo, como num daqueles vôos duplos, vai dar certo, você garantia, lembra? Pra você, nada importava muito, a diferença de idade — você era uma menina... —, minha carreira, a sua carreira, a reação dos seus pais... Eu não sabia dançar tão devagar, pra te acompanhar. Eu não tinha um puto naquela época, era duro, duro. Mas você dizia, isto é besteira, a gente dá um jeito, não agüento mais a minha casa, quero ficar com você, a gente viaja, fica um tempo fora, a gente se vira, tudo vai dar certo. Seus peitos apontados na minha direção me desafiavam, me diziam tome vergonha, deixe de besteira, fique comigo. Eu não fiquei, Carolina. Inventei histórias, contei mentiras — você sabia que tudo era falso, que eu apenas fugia de você, fugia de mim. Não tive coragem, Carolina. A gente não cresce sendo medíocre, você sabe disso, Carolina. Eu não sabia. Se perdi, perdi, mais uma vez, para mim mesmo, perdi para os meus cuidados, perdi por medo de ganhar, Carolina.

Sozinho no carro, Fred se via como que tomado, uma sensação de, enfim, conseguir estabelecer uma relação mais honesta e clara entre fatos aparentemente isolados de sua vida. Percebia como os cuidados em relação a Beatriz haviam contaminado aquele amor. Via como gostava das limitações daquele romance, como os problemas o deixavam tranqüilo, o permitiam adiar, postergar. As dificuldades para assumir aquela história eram bem-vindas, o impediam de, mais uma vez, se culpar por não radicalizar seus planos. Durante todo o namoro achara que a clandestinidade era um desconforto, um empecilho. Agora descobria que não, que no fundo gostava daquela proibição, daquela impossibilidade. Um romance como aquele era do tamanho exato para explicar a não-execução de mais um projeto. Da mesma forma que o excesso de trabalho justificava o não-prosseguimento dos estudos. Assim como a perspectiva de carreira no escritório o fazia adiar os planos de montar sua própria banca. Quem sabe não se sentia protegido no escritório do Honório? Quem sabe não tinha era medo de tentar uma carreira solo, correr os riscos de quebrar a cara, ou quem sabe, ganhar muito dinheiro? Quem sabe não tinha medo de que desse certo? Quem sabe não temia o risco de enfrentar um preconceito maior — ele era negro, mas o escritório do Honório era de branco. Em caso de recusa do advogado negro, do militante, haveria um branco à disposição, alguém que nunca tivesse defendido neguinhos de subúrbio. Quem sabe não agia como Fried: este alisava os cabelos para se fingir de branco, Fred havia muito não recorria a esse tipo de disfarce, mas, ao mesmo tempo, se abrigava sob as letras de aço escovado que exibiam o nome do escritório para o qual trabalhava. Aquele escritório, aqueles tapetes persas, aquele assoalho, aquelas estantes repletas de livros até o teto, aquelas gravuras com cenas de caça penduradas nas paredes, as luminárias de latão — um cenário profissional que fazia o papel do *smoking* que Fried envergava com tanto garbo, uma roupa que o deixava quase tão branco quanto os companheiros de time. O cenário do escritório o embraquecia aos olhos dos clientes. As paredes forradas de madeira, as mesas pesadas, as poltronas de couro eram suas fiadoras, informavam ao cliente que aquele advogado ali, aquele mesmo, aquele mulato, era um bom profissional, podem confiar nele, nós, símbolos do poder branco, garantimos.

O aval não fora, porém, suficiente para evitar que a cadeia de supermercados exigisse sua saída do caso, a rede de proteção formada por paredes, mesas, poltronas e tapetes tinha seus limites, aquela segurança não era absoluta, não havia risco-zero. A descoberta de seu envolvimento com Beatriz, o escândalo na corporação, a exoneração da namorada, a punição disfarçada de prêmio: talvez aquilo tudo pudesse ter sido bom, representasse enfim o rompimento com a lógica de acomodação, do deixa-como-está-para-ver-como-é-que-fica. Uma inércia que agora se tornava visível, evidente. Graças à descoberta do romance é que o romance acabara sendo assumido, que ele enfim pudera aparecer ao lado de Beatriz — ela também conformada em manter uma vida calcada no não-fazer. Seu retorno para a casa dos pais depois da separação e sua permanência naquele ninho eram a maior evidência disto. De uma certa forma, tinha que agradecer à PM por aquela improvável trepada na sala. Mas a revelação talvez tenha chegado tarde demais. Como naqueles casos em que a cura de uma doença é anunciada dias depois da morte do paciente — se fosse um poucuinho antes, que pena, que falta de sorte. Pior é que, no caso, a cura não dependia de outros, mas sim deles próprios. Uma cura que carregava princípios da homeopatia, estava inserida na origem da doença, no mal que sabotara aquele namoro. Meu bem, meu mal: a covardia que marcara a relação entre Fred e Beatriz cobrou seu preço na hora da crise, no momento em que ficou claro que ela fora punida, que a viagem compulsória para a França era apenas uma forma de amenizar uma derrota. Tanto cuidado em esconder a relação não impediu que eles fossem descobertos e ela, punida. O castigo viria de qualquer jeito, seria melhor que tivesse chegado logo, a partir de uma escolha deles, de um gesto ativo. Que ela pudesse ter dito na minha vida mando eu, a PM não pode escolher meu namorado. Que os dois pudessem ter ido juntos àquele bar na praia do Flamengo para espanto do Vladimir, da Clara. Essa aqui é a minha namorada, ah, é ela sim que é oficial da PM, algum problema? Foram cúmplices apenas na covardia e no medo. Os últimos encontros, os que antecederam a viagem, tiveram gosto de fim de festa, de é hoje só, amanhã não tem mais. Paixão dos que se entregam porque imaginam que vão morrer. Depois de um ano, o namoro acabou assumido apenas na hora em que estava ameaçado de acabar. Beijo com lágrimas no embarque internacional, na volta a gente vê como fica.

No alto do viaduto que dá acesso à Presidente Vargas, Fred sentiu na boca o gosto do beijo de Beatriz. Seu cheiro invadiu o carro, sua risada foi ouvida. Agora não era mais a voz de Carolina que ocupava os espaços, era a de Beatriz, a de Bia, que se entranhava pelos bancos, que chegava através dos vidros, pelas saídas do ar-condicionado. Era ela que tocava no rádio, que saía pelos alto-falantes. Não havia buzinas, não havia carros à frente, ao lado, atrás. Não havia rua, viaduto, túnel; a imagem de Beatriz se impunha nos vidros, nos espelhos. Só havia Beatriz, tudo era ela. A voz de Carolina costumava martelar um passado, uma derrota; a de Bia ressaltava que poderia haver um futuro, que nem tudo estava perdido. Fred queria mesmo ouvir um vem pra cá, vem pra França, vem me ver. Mas sabia que não podia contar com essa certeza. Se queria vê-la, teria que ir até lá e conferir, teria que se arriscar. Pelo menos, uma certeza ele tinha — estou, puta que pariu, apaixonado por ela. Talvez ainda seja possível, quem sabe ainda dá? Como naquele samba dançado meses antes, ele iria até Paris, tentar arrasar: não no Olimpia, como dizia a letra, mas no coração de Beatriz, o show tem que continuar, lalaiá, lalaiá, laiá. A saudade mata a gente, morena. Chegou a Botafogo aliviado — a ida a Piedade não fora em vão. Percorrer aquele túnel do tempo o ajudara, concluíra que não bastava ser mais corajoso apenas no Núcleo, herói só de causas alheias. Pensou no pano, em Fried, na sua luta para ser visto como branco: você foi ótimo, fez o que pôde, perdôo a todos, não peço desculpas, mas não é isso que quero viver — cantarolou, parafraseando Aldir Blanc, ao entrar no apartamento.

Apito final

O empate fora um bom resultado para aquele primeiro teste de convivência. O João Lucas até que é um bom garoto, meio pentelho, mas, enfim, quem não é nessa idade? Pelo menos ele resolvera um daqueles pequenos problemas de sua vida. Ao ouvir o celular de Fred tocar o hino do Fluminense — isto, em uma arquibancada repleta de rubro-negros —, João Paulo pegou o telefone, cara, tu tá maluco, quer morrer?, e trocou os acordes comprometedores por um simplório trim-trim. O grupo ficou engraçado — um tricolor, um rubro-negro e um botafoguense, Fábio, o melhor amigo do filho de Beatriz. Um garoto esperto, que ajudou a quebrar o constrangimento que volta e meia surgia entre Fred e João Paulo. Óculos de grau, cabelos curtos, jeito de primeiro aluno da turma, guitarrista, se comportava como um veterano de arquibancadas: sabia mais dos times em campo que os dois protagonistas da tarde. Isto, fora seus conhecimentos dos detalhes da construção do Maracanã, da redução da capacidade de público causada pela colocação das cadeiras. Sabia de cor o time do Botafogo campeão brasileiro de 1995. A noite dos três terminou com uma picanha em um pequeno restaurante na avenida Maracanã, em frente à rua Deputado Soares Filho.

Fred viajaria na quinta-feira, negociara vinte dias de férias no escritório. Reservara a semana para algumas pequenas providências, repassaria alguns processos, adiantaria o pagamento de contas. Era preciso arrumar roupas de frio, comprar euros, suspender a entrega de jornais e revistas. Faltava também passar no vidraceiro, ele garantira que faria o serviço em 24 horas, deixara isto para a terça-feira, acabou fazendo na quarta. No dia seguinte, horas antes de embarcar, Fred estacionou o carro em um posto de gasolina na Visconde de Rio Branco, caminhou alguns passos no sentido da praça Tiradentes, entrou na loja e saiu dali com um embrulho em forma de quadro. Dali, pegou a Gomes Freire e foi andando em direção ao Núcleo.

Combinara almoçar com Vladimir, um cabrito com arroz de brócolis ali perto, queria embarcar com um pedaço da Lapa no estômago. Beber um pouco o ajudaria a driblar a tensão de seu primeiro vôo intercontinental, dez, 11 horas dentro de um avião, caceta. Antes, encontraria o amigo — este também queria conversar, falar dos planos de, enfim, fazer faculdade, dos problemas com a família. O supermercado fechou a filial em que sua irmã trabalhava, pediu arrego depois do quinto assalto em seis meses. E a doida, desempregada, resolveu dar uma puta festa para comemorar o quarto aniversário da Thesla.

— *Bon jour*! — disse Fred ao entrar na sala.

— Deslumbrado é uma merda... — respondeu Vladimir. — Deixa de besteira e vamos almoçar, tô morrendo de fome.

Vladimir notou que Fred colocava o embrulho sobre uma mesa.

— Que é isso? Presente para a sua PM?

— Não, meu caro. O presente é pra mim, quer ver? — Em seguida, Fred desembrulhou o quadro com o cuidado de não rasgar o papel. — Olha só. Gostou?

A retirada do embrulho revelou o conteúdo do pacote: duas placas de vidro retangulares, sustentadas por uma moldura de alumínio, espremiam um pedaço de pano verde. O pano fora, enfim, enquadrado.

— É aquele pedaço de pano, Fred? O tal que o Friedenreich deu pra você? Ou melhor: o pano que você *acha* que ganhou dele?

— Ele mesmo, o próprio, meu tesouro da juventude. Melhor, tesouro da infância, juventude e maturidade. Enfim, depois de trinta e tantos anos, eu resolvi dar um destino à minha relíquia.

— Mas, vem cá: você, pelo menos, conseguiu comprovar que esse pano aí é o que restou da bandeira que o Friedenreich arrancou, melhor, *teria arrancado* dos argentinos?

Fred terminou de desembrulhar seu presente, colocou-o em posição quase vertical sobre uma mesa, encostado na parede. Puxou uma cadeira e sentou-se de frente para o amigo, ao lado do quadro.

— Não, Vlado. Não consegui comprovar nada, não tenho como garantir que esse pano velho já foi, um dia, o pedaço de uma bandeira brasileira. Também não tenho como provar que aquele velho de São Paulo era o Friedenreich. Quer saber? Desisti de tentar apurar essa história. Esse pano é meu, o pano do Frederico, o pano do Fred. Já olhei muito pra ele, inventei muitas histórias... Quando eu era criança eu fantasiava sobre o Fried, sobre o pano. Imaginava batalhas, duelos, gestos heróicos. Depois, quando eu soube da tal história da bandeira, do jogo contra os argentinos, eu achei mais legal: boa, Fried, deu uma lição naqueles babacas, arrogantes, racistas, que chamam a gente de *macaquito*, aquelas coisas. Outras vezes eu ficava até meio puto com o pano, com o pobre do Friedenreich, com aquelas histórias dele alisar cabelo, de querer passar por branco. Hoje, no fundo, no fundo, acho que desencanei. Desencanei com o pano, com o Fried. Coitado do cara, ele fingia que era branco, não era o único a fazer isso; devia sofrer pacas com vergonha do cabelo duro, devia ter medo do cabelo não respeitar aquela banha que ele passava na cabeça. Mas, enfim, isso aconteceu no início do século passado, essas são as aventuras do Fried, não são as minhas.

— E daí que...

— E daí que eu vi que precisava, pelo menos, tentar me ajeitar. Aos 43 anos eu descobri que posso ter deixado escapar a mulher da minha vida. Quer dizer, a segunda mulher da minha vida, ou a terceira, ou a quarta, sei lá. Deixei que todas fossem embora, Vladinho, nenhuma delas me agüentou... Na verdade, nem sei se vou conseguir deixar de ser assim tão covarde e amarelão, mas, tenha certeza, meu amigo querido, meu companheiro, agora eu vou tentar. Daqui a pouco, Vlado, eu vou pro aeroporto e não tenho a menor noção do que vou encontrar do outro lado do mar, não tenho nenhuma garantia do que vai acontecer. Você me conhece, vai ser o maior salto da minha vida, um salto do tamanho do oceano Atlântico. Acho que a Carolina ficaria orgulhosa se me visse agora, espero que a Bia fique feliz. Pode ser que eu quebre a cara, pode ser que ela me jogue do alto da torre Eiffel, me empurre pra dentro do Sena... Acho até que eu mereço, mas, acredite, meu irmão, nesse caso, eu vou morrer contente. Pode ser também que ela me receba feliz, que a gente trepe pra cacete, que eu fique com ela por mais um tempo. É improvável que eu faça isso, eu sei, não posso deixar de trabalhar, não vou abandonar a nossa PP, mas, quem sabe? Como diria a Carla, é tudo muito intrigante.

— E o quê que a decisão de enquadrar o pano tem a ver com isso?

— Não sei bem, mas achei que dar um destino para o pano seria um bom começo, seria menos uma pendência na minha vida. O coitado do pano merecia um cuidado, um destino. Pode ser um destino provisório, tudo é provisório, né?, mas é um destino, uma moldura, um capricho. Ficou bonitinho, não ficou? Eu ficava naquela dúvida, não sabia se botava o pano numa moldura, se colocava num estojo, e acabava deixando o pobre naquele envelope velho e xexelento. Chega de ficar enfurnado, achei que era uma boa oportunidade para fazer um carinho no meu pano, trazê-lo para a luz, para a vida. Vou colocar este quadro na parede do meu escritório e vou olhar para ele como quem olha para uma foto antiga. Um retrato na parede, a minha Itabira. Certo?

— Certíssimo, companheiro. E agora, por favor, vamos comer. Acho que você precisa de um chope, de alguns chopes. Se é que já não encheu a cara antes de vir pra cá. E aí que eu também preciso de muitos chopes. Vamos ao cabrito!

Prorrogação

Eu já não disse que noite de domingo é uma bosta? É a pior noite da semana. Pior até que quarta. Só não é pior que segunda, que também segunda-feira não conta. Olha só, tudo parado, os botecos vazios, quase que não tem gente na rua. Os bostas ficam tudo em casa, todo mundo com medo, com medo da patroa, com medo de bandido. Todo mundo em casa vendo televisão, arrotando o frango do almoço, enchendo os cornos de cerveja. Tudo um bando de bosta. E eu, que sou outro bosta, fico aqui, rindo essa boca feia, cheia de buraco, carecida de dente, dizendo pros cornos que pode parar aqui mesmo, que eu tomo conta, que comigo não tem erro, que comigo ninguém vai mexer nos carros. Mentira, né? Outro dia mesmo uns caras encostaram e arrebentaram um carro bem aqui na frente, quebraram a bosta do vidro, carregaram o toca-fita, aquele negócio de tocar CD. E eu fiquei só de longe, que não sou besta. Em outros tempos eu ia até lá, gritava o que é que isso, rapaz, tá querendo me prejudicar, sou eu que tô tomando conta dos carros. E os caras me respeitavam, e como respeitavam. Mas isso em outros tempos, agora, nessa bosta que a gente vive não dá pra fazer isso não. Uma vez, tem pra mais de ano, que tentei fazer isto, dar uma de macho, não mexe nesse carro não. O filho-de-uma-égua me mostrou uma bosta de um revólver, ou de uma pistola, nem sei, que de arma só entendo mesmo aquelas que corta e rasga, as que emburaca eu desconheço, mas o cara me mostrou uma bosta de um revólver, assim, todo cromado, grande que nunca vi mais grande, o bicho doido pra sair fazendo furo em cristão, e eu fiquei quietinho, quietinho, quase que engoli as bostas dos dentes que ainda tenho. Então o senhor veja, tá errado, né? Eu tentando trabalhar e quase que me lasco. E assim tudo piora. Depois de quinta, na sexta e no sábado, o movimento aumenta, e aumenta muito. Mas aí também aumenta os safados que vêm aqui tomar meu lugar, eu que tô aqui pra mais de vinte anos. E vem uns homem grande que vou contar pro senhor, tudo moço jovem, forte, dá dois ou três de mim, que não sou grande no tamanho e que já fui maior na coragem. E eles vem tudo cheio de disposição, e eu tenho que dizer que tô aqui faz muito tempo, que o ponto é meu, que sempre guardei carro aqui, que nunca sacaneei ninguém, e cadê que os caras me respeitam, dá até dor, a gente se sente um bosta, sabe? Acaba que eu mal consigo um lugarzinho pra guardar os carros, fico só com um tantinho assim de rua, menos da metade da minha área. Um dia um filho-de-uma-puta desse me disse cala a boca paraíba de merda, quer morrer?, ele me disse assim mesmo. Cheguei a ficar com dor no peito, bater ele não bateu, mas era melhor que batesse, eu levava a porrada, quebrava mais um dente, mais um, menos um, tanto faz, é tudo uma bosta de dente mesmo, ficava com os corno roxo, mas depois passava. Pior é essa porrada que a gente leva por dentro, que dói e dói e que não passa, que a gente leva pra cama e não deixa dormir, que tira a vontade até mesmo de bulir com a nega, que faz a gente se sentir um bosta, sem vontade nem de olhar os filhos no olho. Ah, doutor, isto só faz piorar. Até o pastor parou de vir por aqui. É, o pastor, aquele que vinha quase todo dia naquela casa ali defronte, a dos crentes. Eu é que acho que eles são crentes, devem ser. De noite, assim, vêm uns crioulos bem-arrumados, esse então, o pastor, só vinha todo alinhado, de terno, de gravata. Deve ser um daqueles que ficam gritando lá na frente da igreja pro demônio sair, que Jesus vai chegar e dar um jeito naquela bagunça toda, que vai baixar o cacete no capeta, que faz aquele povo todo ficar se estrebuchando. Isso que eu acho que é, né? Aqui deve ser o escritório deles, a igreja deve ser em outro lugar. Só sei que o pastor sumiu, faz umas duas ou três semanas que ele não dá as caras por aqui. O outro, o mais novinho, continua vindo, mas já não vem tanto à noite. O movimento aí é maior durante o dia, às vezes enche de gente aí, pretinho que não acaba mais. Ô lugarzinho pra atrair tição, acho que só escurinho que pode entrar lá. Vai ver que é a religião deles, né? Vem tudo com cara de tristeza, de revolta. Tudo reclamando que apanhou, que foi xingado, que não-sei-o-que-mais. Eu mesmo nunca entrei lá, mas a gente tá aqui há muito tempo, acaba sabendo de tudo. Diz-que eles têm muita história triste, de muita safadeza, de humilhação, de sacanagem. Deve ser verdade, eu, que sou cearense, já sofro, me chamam de paraíba, de cabeça-chata. Imagina se fosse preto, Deus me livre. Pois é, seu doutor, aqui, nesta esquina, só tem bosta, tudo fudido, deve ser maldição, esconjuro: eu, os crioulinhos ali da frente, essas bichas todas da calçada. Aquela ali, então, coitada: gorda, feiosa, não tem nem seis meses que apanhou feito boi ladrão. Logo depois voltou pra calçada, ainda cheia de marca da porrada, rebolava mancando, a bunda toda fora de esquadro. Olha ela ali, que coisa mais triste, ver um homem grande, daquele tamanho, vestido de rapariga, sentado na calçada, os bagos saindo pela calçola, os peitos querendo rebentar o sutiã, e ela ali, toda torta, tentando consertar o salto daquele sapato vermelho. Coisa mais triste, eu hein.

Este livro é uma obra de ficção, inclusive nas passagens relacionadas à vida de Arthur Friedenreich. Detalhes que inspiraram trechos sobre o ex-jogador foram retirados de O tigre do futebol — uma viagem nos tempos de Arthur Friedenreich, *de Alexandre da Costa (São Paulo, Dorea Books and Art, 1999), e do excepcional* O negro no futebol brasileiro, *de Mario Filho (4ª edição, Mauad, 2003).*

markgraph
Rua Aguiar Moreira, 386 - Bonsucesso
Tel.: (21) 3868-5802 Fax: (21) 270-9656
e-mail: markgraph@domain.com.br
Rio de Janeiro - RJ